中国跨年诗选

（2019-2020）

邹　进　主编

北方文艺出版社

图书在版编目（CIP）数据

中国跨年诗选 . 2019–2020 / 李战刚著 . –– 哈尔滨：
北方文艺出版社，2020.11

ISBN 978–7–5317–4907–3

Ⅰ . ①中… Ⅱ . ①李… Ⅲ . ①诗集 – 中国 – 当代
Ⅳ . ① I227

中国版本图书馆 CIP 数据核字（2020）第 192195 号

中 国 跨 年 诗 选（2019–2020）
ZHONGGUO KUANIAN SHIXUAN（2019–2020）

主　编 / 邹　进
责任编辑 / 侯文妍　金　宇　　　　　　装帧设计 / 韩庆庆

出版发行 / 北方文艺出版社　　　　　　邮　编 / 150008
发行电话 /（0451）86825533　　　　　经　销 / 新华书店
地　址 / 哈尔滨市南岗区宣庆小区 1 号楼　网　址 / www.bfwy.com

印　刷 / 北京诚信伟业印刷有限公司　　开　本 / 170mm×1000mm　1/ 16
字　数 / 384 千　　　　　　　　　　　印　张 / 25.5
版　次 / 2020 年 11 月第 1 版　　　　　印　次 / 2020 年 11 月第 1 次印刷

书　号 / ISBN 978–7–5317–4907–3　　　定　价 / 68.00 元

序 言

目前市面上诗歌年选少说也有三十种，编得都不错，那么有什么必要再编选一本诗歌年选呢？原因之一，当然是编者的喜好；其二，我们采用了跨年诗选这样一个形式。一般年选收录的作品会截止到每年的 12 月份，一二月份节奏都比较慢，有年终总结、春节长假、学生寒假，要到三月份才能真正开工，工作效率很低。一本年选经过采选、编辑、录排、审校、发排、印刷、出版，已是下半年了，甚至要到下半年靠后的时间，让读者等待的时间太久。用跨年选这样一种形式就解决了这样一个问题，收入的时间是从前一年的 7 月 1 日，到当年的 6 月 30 日，这样的安排就不显得局促，出版在当年就可以完成，当年的作品，当年就可以看到。在编辑下一年的年选时，如果上一年有遗漏的，读者举荐，还可以补入进来。

第二就是采选对象，现在的诗歌年选的采选对象，都是正式的出版物，各种文学期刊。《中国跨年诗选（2019-2020）》打破了这个限制，除了图书和连续出版物以外，新媒体、自媒体，也是我们的采选的对象。我们和中国诗歌网开展了一项合作，为广大的诗歌作者制作电子诗集，在中国诗歌网上发表过的作品，自然也在我们的采选范围之内。这也是我们对出版的理解，不一定正式出版物才叫出版，我列举的那些出版形式都可以认为是出版，因为已经发表了，是一个泛出版的概念。这样我们就在最大的范围内，无死角地进行采选，把两年内的优秀作品，全部呈现在读者面前。

我是一个有资历的诗歌编辑，曾经在《中国》文学月刊和《人民文学》杂志担任诗歌编辑，尤其是《中国》文学月刊，我在牛汉老师的带领下，发现了一大批的不知名的诗人和他们的作品，我想在这本跨年诗选里面，把《中国》的传统承继下来。《中国》文学月刊的主编是丁玲先生，她要求我们年轻编辑，要在自己的杂志上发表作品，她说："二十世纪二三十年代办杂志，哪一个杂志的主编自己不是作家呢？自己的杂志为什么不能发表自己的作品？没有什么可以回避的，除非你自己的作品不行。所以在编选《中国跨年诗选（2019-2020）》的时候，我也要求，我们的编选者，必须有自己的作品，必须高于平均水平，自己是作者，才有对作品敏锐的感觉啊，同时也激励自己的创作。

第三是选择作品，任何一个编者都希望把最好的作品选进自己的选本里，这需要编选者的眼光，当然会有编选者个人的喜好。要在一年的作品里，把最好的近300首诗选出来，还是有难度的，也是一个体力活儿。从海选，初选，到拟订篇目，本书的编辑马泽平，执行主编李占刚做了大量的工作，我的职责是，从拟订篇目中确定最后的篇目。他们两位水平已经很高，给我留下的工作量不是很大。我更多考虑如何保持这本年选的平衡性，既要有知名诗人，又要给新生代诗人留下足够的空间，既有功力深厚的"中锋"写作，又要鼓励诗人的探索和实验。最后呈现给读者的，基本能够反映一年来中国诗歌创作的面貌。

特别需要指出的是，在复选时，我们邀请了任白、包临轩、刘晓峰、朱凌波等多位诗人、诗评家做筛选工作，使这本跨年诗选的丰富性和高品质有了更可靠的保证。

最后我对入选跨年诗选的作品做一个简单的评价：总体来说，从正式出版物入选的作品，因为经过了编辑，所以在创作手法上，都是比较成熟的，也呈现出多样性，但是这些作品都显得不够厚重，诗人的自我都很鲜明，从诗中可以看到他们的生活，甚至都能看出诗人的面貌。但是，作品所反映的社会内容明显不足，似乎诗人的生活，与我们这个世界，与当下的社会背景没有关系，诗人好像都生活在一个封闭的世界里，在那里自我表达。从这些作品中，看不到百年未有之大变局，也感受不到诗人对民族发展艰难之忧患。没有看到在这个特殊的时期内，所有发生的大事件引发的我们的思考。我感到诗人不应该是这样的。本来这应该是诗人最擅长的手法。他们有很多修辞的工具。相反，从新媒体和电子诗集入选的作品，尽管没有经过编辑，但所反映的内容更具时代感，让我们更多地感受到作者的国家民族情怀。这可能就是我们当下创作和出版的现状。我们这本跨年诗选都给予了真实的记录。

邹进

目　录

| 第一辑

| 第二辑

| 第三辑

| 第四辑

第一辑

PART ONE

（期刊）

惊喜记

阿信

喜鹊落在梨树枝头。
被一次次霜降浸染得几近透明、金黄的
梨树，它的每一片叶子，都可以在其上
刻写《楞伽阿跋多罗宝经》。

三棵晨光中的梨树。即使它的叶片上
还没有刻下任何文字，我也愿意
在记忆中收藏它们。何况
五只长尾喜鹊正落在梨树枝头。

五个方向，五个时辰，还是
从父母身边逃走，尝试过昼夜户外生活的
五个孩子？虽然我无法成为其中一个
体验着幸福，但我看见了它们。

喜鹊会一一飞走。梨树的叶片
会因为它们的飞离，震颤不已。梨树，当它
金色的叶片在晨光中重归宁静，谁会相信
五只长尾喜鹊曾在那里留驻？

选自《扬子江诗刊》2020 年第 2 期

幸亏

阿未

幸亏遇到一条流淌的小溪，让我在
略显僵硬的三月，看到
蜿蜒的柔软，听到
除了冷风呜咽之外的快乐的流水声
幸亏脚下是一片正在融化着的
积雪，让我在一地湿润中
看到最后的残雪，如远去的冬天
狼狈不堪的背影，我知道
阳光已不再吝啬，她开始用温柔的手
抚摸大地，像最初的爱情里写着的
充满无限爱欲的情书
幸亏碰见一群麻雀叽叽喳喳地
飞过，让我在这片初萌暗绿的树林里
读到这些属于春天的鲜活的词语
我酷爱这些从冬的栅栏里
一跃而出的隐喻和幻觉，像
余音不绝的诵经之声，在三月的人间
嗡嗡响起……

选自《山花》2019 年第 10 期

一次性

安琪

花自然地谢更让人惊心

一朵一朵，或独自委顿、飘零，或三五成群

从枝头跌落，泥土地里打滚、翻转，渐渐地

渐渐地

退出了宇宙、退出了

自己的生命。柔软的身子，依旧那般娇美

却也是那般绝望，一朵，一朵，从我们的

视线里消失，我生命中的那些亲人

也是这样走出了我的视线

我也会这样走出

我的亲人的视线。会有绿色枝干的花苞

从我的躯体长出，回到我们

共同热爱的尘世，我和花拥有同一片大地

同　轮日升、月落——

这一次性的生命，我们茫然无知地出生

却无比清醒地离去。

选自《文学港》2020 年第 5 期

月亮课

阿斐

犹如白鹭落在干草丛，草叶弹跳
托起它的躯体

短短的一刹那
仿佛回到了少年时期
桂树下，暗恋的女孩儿从对面走过来
你使劲儿吸着鼻子
但你已经分不清是桂花香还是少女体香

阿里萨。你懂了吗？
月光，那种美
就像你伸出手指触摸到费尔明娜少女肌肤
惶恐，身体像遭到电击
并让一生因此而盈缺，充满理想

选自《诗刊》2019 年第 8 期下半月刊

年轻

柏桦

年轻的痛带着一种斑斓的成分
年轻的苦又总是高人一等
年轻，觉得别人看上去老而自己不老
年轻，觉得别人都会死而自己不死

电话震颤，他从一本肉感小书抬头
什么东西隔着眼皮一跳的距离闪过——
没有事情小到可以从他指缝间溜走
他甚至看出蚊眼做了白内障手术

惊风还是风惊？火扯还是发烧？
一千零一夜？还是永远零一天？
一年四季，年轻的生活常在……
我们该如何将年轻与年轻人分开？

选自《福建文学》2020 年第 6 期

白昼提灯者

巴客

他在喧闹的街市行走，他提着灯盏，
他的脊背是赤裸的，没有人
能看清或者留意他的面目——
在白昼，光亮耀目得
像坚硬的铁轨。

他是谁，他欲何为？没有人
在意他来去的踪迹，他所带的灯盏
也照不出他的影子。日复一日
他提着灯盏穿过街市。

在白昼，在天空下，提灯的人
莫非是被神遗弃的使者？
他从来处来，他往去处去，他的天空下
也许从未有过我们。

一天又一天，我们盲目而绷紧的面容
怎能吸干黑色的白昼。提灯的人
也许会在我们的身体里行走。

选自《诗林》2020 年第 1 期

意义的田野

北野

耕种后的田野，正在享受成长的寂静
道路通向远方，村庄移过了河岸
新叶像一句唱词旋上头顶
它们正渴望向那明亮之处生长
我对现世避而不谈，我对来世说：
"我对你的爱已经足够，我暂时停下
是因为伤心和犹豫……"
留在夜里的人，我从未见过
他是陌生的和暴躁的
我听见他破空而来，蜕下一层层肉体
而一个十八岁的少女，永远是无辜的
她眼睛明亮，心藏溪水，用青藤一样的
双臂，把我冰凉的身子轻轻环住
妹妹，春天的泥土多么无邪
它适宜我们重新出生
也适宜我们陷入混沌，它甚至
允许我们有隔世的温暖和期许
而这长长的隔世啊，它还需要
我们配得上这遥远的荒凉和毅力

选自《延安文学》2020 年第 3 期

第二天

白月

一个人醒来没有欢呼声。
两个人醒来，和一所房子。
醒来。
醒来没有欢呼声。

所有人，集体醒来，在黎明堆。
在黎明。此时队伍庞大，没有欢呼声。
寂静埋藏最后。一粒黑纽扣，在使劲。

每天第一步静寂无声，直到怀疑遭遇肯定。
那人没死。
那个死去的人活着。所有人都活着。
但不必欢呼。

选自《草堂》2019 年第 12 期

新衣服

敕勒川

不，不是你穿上了一件新衣服，而是
一件新衣服找到了它的灵魂，因而
一件新衣服才渐渐安静下来，散发出
奕奕的神采，舒适，服帖，动人
如此难得，你成了一件新衣服
刻骨铭心的一部分

一件并非独一无二的新衣服，却成了你
独一无二的选择，这多少有点儿
像我们的爱情：多年以后，你是否还记得
一件新衣服委身于你时
羞涩慌张的第一次

夜晚降临，一件新衣服静静地站在衣架上
它知道，守候，才是它一生最重要的事情
一件新衣服，让漫长的黑夜，有所松动
让一个人的梦，有了纯棉的质地

选自《诗选刊》2020 年第 1 期

寒江帖

陈先发

笔头烂去
谈什么万古愁

也不必谈什么峭壁的逻辑
都不如迎头一棒

我们渺小
但仍会战栗
这战栗穿过雪中城镇、松林、田埂一路绵延
而来
这战栗让我们得以与江水并立

在大水上绘出往昔的雪山和狮子。在大水上
绘出今日的我们：
一群弃婴如
浪花一样无声卷起的舌头
在大水上胡乱写几个斗大的字

随它散去
浩浩荡荡

选自《诗潮》2019年第10期

为青草颁发的授奖词

辰水

故园已荒芜，早已不事劳作的祖父
从梦境里再次回来
他站立着。夕阳的余晖里，银发闪闪
地上的草已经黄了又青
许多年里，我们彼此未知
又默默在一册家谱里，按图索骥
触碰到尘埃里的惊雷
彼此为草，落地生根
你早已懂得作为一株植物的含义
在秋风的深处，藏有
缄默的权利。当然，如果命运的铁锹
挖掘我们，不亚于一次罹难
那地狱的深度，足以
耗尽一粒种子的力量。向上
头顶上的光亮
指引，这算是对青草颁发的授奖词
让它一夜破土

选自《星星》2020 年第 6 期

那阵子

车延高

那阵子，一架慢腾腾的牛车给岁月提速
车上坐着个日子
一根牛尾打着乐拍，也没把唐朝运到民国。

那阵子，土地面黄肌瘦
看一眼垂头丧气的庄稼，就知道
日头强势，流水还没学会信口开河

那阵子，雪花旖旎，无缚鸡之力
神，摇着鹅毛大扇
寒霜一脸苍白，就敢称一统天下

那阵子，男耕女织就是日子。爱不挂在嘴上
大难来时，夺一条生路
让自己爱的人先走，自己断后

那阵子，露珠只是月亮的泪滴
雪山被太阳感动着，风甩响一根鞭子
草尖上，就能放牧一群牛羊

那阵子，杀戮，是血滴绽放颤抖的花朵
让死亡歌颂勇敢

征战的终极，是让死神平息征战

那阵子，心就是每条命的菩萨
去禅院外苦修，自己做自己的神
神通，也叫方便多门

那阵子，道高一丈是口头禅，不拼血气之勇
马革裹尸，只算个死士
让魔鬼放下屠刀，才叫立地成佛

那阵子，山叫龙脉，是祖上盘下的一脉风水。
用来高瞻远瞩
挖山，等于挖自家的祖坟

那阵子，气节长进书生的骨头
建安风骨比大雁塔高
让骨头折腰，叫谄媚；让气节站着，叫傲骨。

那阵子，黄河年轻
用天地的力道搓一根绳子
比时间短，比历史长
一头拴着远古，一头拴着今天

那阵子，脚力被马蹄和驼铃累死
路是苦难踩出来的
有人活着，进了坟地；有人死去，进了青史

那阵子，一粒豆火短，夜就长
翻累了竹简的手去前朝考古

皓首穷经，也熬不瘦眼睛里的一束光

那阵子，圣上惜墨如金，才有一言九鼎
唐诗宋词各领风骚，一个说书的人唱着
皇上金口，诗人玉言

那阵子，有翅膀，才敢在天上走路
南船北马追上了蜗行牛步
却不知有南极、北极，也不知东半球、西半球

那阵子，灵感还没有出世
想象力把诗句酿在酒里
把酒问青天的是苏轼，叹明月几时有的是我

选自《人民文学》2020 年第 1 期

且停记

陈亮

我的住处是间阁楼，顶子是松木的
壁纸的花纹波斯般诡异
床头柜浮雕着古代的人物
床是席梦思，吊扇硕大
它的旋转会让灵魂渐渐出窍

衣柜裂了很大的缝
让我经常怀疑有人在此藏匿
隔壁住着酒号的学徒
有多种口音，一律少年老成的面孔

边窗外是遮蔽的，白天会有光
从天窗强烈地投下来
后半夜睡不沉，依稀中
我会透过天窗，努力去寻找
天上那些模糊的亮点

这时候，我似乎又回到了山东乡间
一个少年偷偷爬上屋顶
用一根粘知了的杆子
去粘那些矮的星星，那一刻
他感觉自己是离星星最近的人

选自《山东文学》2019 年第 10 期

等待戈多

陈巨飞

我为什么，
要做一个被放逐的人呢？
写字楼里，
我等待吐出嘴里的沙子。

晚上八点，
外省的快递员回到出租房。
莴苣等待菜刀的锋刃——
它所热爱的冒险游戏，
在生活的铁锅里翻滚。

请告诉乌鸦和麻雀：举着火把，
就容易找到走失的山寺；
藏着心机，可以到星巴克谈一笔生意。

如果坐马车去芍药居，
送信的人，就不会消失于地铁。

选自《十月》2020 年第 3 期

习惯

尘轩

我写诗，常放几件乐器在诗内部
读诗，如斯

写诗时，字是动物
读诗时，字是静物
动静之间，我坐在诗里击缶
偶遇受尽刁难的秦昭王
在句子的廊道里，鼓瑟吹笙
得见歌以咏志的曹阿瞒
或抚古琴，让一些词在弦上震动
以俟不语的嵇叔夜

不了解匠人，亦不了解演奏者
在诗里演奏，自不必完全了解自己
但要了解打铁与刨木的力道
兼及，制作乐器时绕不开的声音
听这声音，像在听手艺喂大的诗

一些诗是独奏，一些是交响
演奏，适合在拳头大的剧场
用村寨里匠人摸亮的响器
或用笛、埙、玉屏箫

也可用胡琴、牛皮鼓……

指挥演奏，我需出现在诗的不用位置
一会儿攀至上节，一会儿爬到下节
踩着一架梯，安放余音
暖有一种方式，冷有另一种
阴晴有一种，雨雪有另一种
喜有一种，悲有另一种
此时有一种，彼时有另一种

现实中，我尚无如此多的乐器
在诗里喊一声，喉管就是乐器
朝田亩撒把种子，幼苗破土就是乐器
此时，即便在诗里遇见几块蹄铁、几只碗
或许，也能击打出一首叫喊的诗
叫喊的诗是乐器，我用这乐器是习惯

选自《草堂》2019 年第 7 期

梅花岭

陈年喜

2010 年深秋　在河西走廊酒泉
在临近死亡的城边某乱市场
读到全祖望《梅花岭记》
其时我正与一群人赶往马鬃山
戈壁滩红柳未老　天地落下一场新雪

篇中记述　史可法曾遗言
我死后　葬在梅花岭上
梅花岭有幸　有了衣冠相伴
漫山梅树与夕阳
年年如雪　再复多尔衮书……

壬辰年初春　去广储门会一位友人
花春巷桃花初开　新春无涯
诗意与浪漫填满了季节不多的空间
在史公祠　祭奠的女孩送我一枝新柳
我欣慰：将走进爱情的人　走进过扬州十日

离开的时候　沿史可法西路一直向西
梅花岭就在举首可见处　终没有上去
1645 年 5 月 20 日是一个苦难的日子
2012 年 3 月 17 日也是　大运河

泛着泡沫向东流　再也扬不起烟花

四望亭身披新衣

正失去象征和隐喻

选自《时代文学》2020 年第 3 期

听布罗茨基读诗

代薇

我在听你读诗

亲爱的

听你在大雨中，追忆……

逝去的爱情

你的声音变得喑哑了

上面太多失眠的划痕

而记忆已经卷刃

听上去不再那么揪心

这是多年前的录音

在电脑的某个文件夹里

我听到它时你已不在人世

当年发录音的人也杳无音信

只有沙发、手帕和眼泪

还在诗里被我来回搬动

选自《诗刊》2020 年第 6 期下半月刊

瓢虫和大海

灯灯

月见草和假酸浆，同时请我
为一只瓢虫让路
我理解它们的善良，意思是
背负星辰的事物不多
心有星辰的事物更少

烈日下，我们同时看见一只
橘色的七星瓢虫
攀草叶，过荆棘
飞不动的时候就走，走不动的时候
还在走

它越来越接近黄昏悲壮的色彩……

每一颗星辰都义无反顾啊
每一颗星辰
都对应一颗心……

轻轻转动，我们内心深处
橘色，忧郁的大海

选自《诗刊》2020年第1期上半月刊

看那浓妆多感伤

——写给横滨玛丽

戴潍娜

在每一缕白发里　我认出你

玛丽　爱擦厚胭脂的玛丽

脸上砌满横滨的灰烬

看这浓妆多感伤

下辈子投胎做月亮

战后的云　是飘起来的尸灰

七十四年　恪守一个妓女的本分

站断一条街的　是秋夜的影子

一生只剩下一个"等"字

年轻的军官　不会再回来了

投进深井的吻　不必再复苏了

就连身体　也不再能分泌期望了

悲哀是可爱的玩具

万物弯腰的人间　至纯的音

等待着最屈辱的手指　奏出

选自《十月》2020 年第 2 期

我的女人

董喜阳

女人且听风吟
我将你放入森林。女人
惬慕群山的环绕
我将你倒进江河。女人
艳羡一种沉痛的点燃
以砖木，以白磷，以硫黄
以昼夜巡逻的火种

我将化作一片云，以棉花的姿态
包裹风中倾斜的十字架
捧你续接祭坛的手
你不是哲学，却是我身体中
隐秘的金线。为我
将在巨大的喧嚣中完成卧底

在我的想象中
你什么都不是，只是我的
女人。那个令我
支离与丑拙的造化。我的
止痛片或是安眠药
我的无法持续呼喊出来
泪腺上沉重的哀愁

选自《清明》2020 年第 2 期

完美时刻

符力

侍者轻声提醒酒馆打烊的时间

我们撑伞出去，绕过积水

走向岸边的木栈道

细雨彻底为我们清了场：跑步的人

遛狗的人、独自静坐的人、无事闲逛的人

全都散去了。如此完美的时刻

好像先定的时刻

草木交出薄雾疏影里的气息

雨点洒向水洼里的灯光，洒向灯光里的江流

你的左手碰到我的右手

我接住了雨花，也接住雨花之上的

光芒

选自《星星》2020 年第 4 期

梅湖之夜

飞白

群山倒影，超越所有人经验之上
那里的草木滋养月光
也苦苦雕琢这片湖水镜像
哪怕一只迷途的蝙蝠
都可以轻易调动密林风暴和深谷暮色

——那会儿，月正半弯。山势陡峭
已消耗太多愁云与杯中物
石阶直通了凌霄
一脚踏上去，山水早就沟壑相连，微微颤抖

还有酒里浸泡的陈年句子以及先锋修辞
开始满屏闪烁，无论多晚
都在为黑蟒盘亘的堤坝赋形
眼底的山脊
正从更远处奔袭而来

体内纵横的秋凉、暗流和乱云
已多年难以辨认
它们形同夜莺之死——
在星空与梅林间潜行
也几乎与诗中的阴晴圆缺无甚瓜葛

选自《文学港》2020 年第 5 期

爱荷华的黄昏

方文竹

太阳是暧昧的，对于一株玉米的生长倾注了心力

土地是热烈的，却经不起海浪的轻轻一击

篱角红药是鲜亮的，斧头的征象掘进深度

一位老人转身进入农舍，他放弃的一双手

在天地间收拾残局

够写意的小苏河两岸此刻蓄满了浓黑的胡须

接续上墨西哥湾的一道蓝

时间的流水不及实物呀，会有人爱上它的抽象美

旷野间的小酒馆，墙上的吉他长出了细脚

晚安！晚安！无边黑暗中的一千双眼睛

已不再是眼睛

世界重新拆解与组装，月亮回到了原形

　　选自《绿风》2020年第1期

爱墙

冯娜

蒙马特高地半山腰的一个小公园里
一面蓝色墙上
用 311 种语言书写着"我爱你"

——人类是多么渴望爱啊
从城市、部落到偏僻的海湾
混杂着大多数人终生不会精通的语言

从生涩的语法中得到爱
比起砌一面爱墙，更加艰辛

每个人寻找自己熟悉的语言
他们默读着自己的心
——但我知道这不是爱
太过秘密的事物，不再需要爱的躯壳

我寄望读出陌生语言中的"我"
那是看不见的阴影，旅行中的浓雾
是我感到悲伤时"你"的音节
是建造者未完成的遗愿

我坐在一个无人说话的公园里

我替你感到悲伤

——我知道，这也不是爱！

选自《诗刊》2019年第11期上半月刊

写照

傅元峰

又有了一些美好得脆弱的东西。
离它远一点?

又有了一个湖面。
向它投石。

又有了，意料中的回声。
师父听到雨，
敲打了大明寺的饭锅一会儿。

我试着点燃了
一只胡蜂回巢的路。

在那一炷香的时辰里，
翻看了关于社会的知识
一个将在冬天抱团取暖的预言，
蛊惑着我。

选自《人民文学》2020 年第 4 期

蝴蝶

风荷

蝴蝶也是小小的飞行器
感谢她，带来梦幻般的神和美

"它有轻盈，大于悲伤的爱情
是真的，最多的修辞也说不尽故事的斑斓"

而你，很喜欢穿黑衣衫的那只
看起来像庄严的修女

她刚到修道院
在心里，藏着一个害羞的月亮

　　　　选自《草原》2020年第3期

离开表面

冯晏

离开表面，金属从流水沉入胃，

水滴有了重量，像锥子。

世界照在灵魂的蓝光里是透明的，

螺丝帽松动，从衔接部位突出来。

思想的夜行动物就这样一点点探出井盖，

你的血液里有桨，

开始划船，但没有岸。

夜，在双腿关节内陷入了荒凉，迷路，

丝丝凉意，黑风，

常春藤扫动玻璃，扫我寂静的背，

指甲的红，扫过天花板四条边。

耳膜躲进影子的消音器里，

听见细胞内膨胀着迷。

窗口深处，根与DNA纠缠在一起，

那些人，

蠕动或者弹琴，此刻都被虚掩在月亮背面。

灯，关掉了整个夜。

风声加大呼啸，

一只长笛隐藏起另外一些声音。

数小时后，你的辗转反侧被翅膀的薄纱裹挟着，

床落下来，潜意识深处，

你与狮子座的相合

与天蝎座的孽缘都还在吗？

已经藏好又甩起尾巴的这只咖啡色仓鼠啊，

濒临灭绝的警告取消了吗？

选自《作家》2019 年第 10 期

镜花

谷禾

"镜子本身是看不见的⋯⋯"

映现在镜子里的人，从来是照镜者自己

童颜与鹤发，只相隔一层水银

时间的河流无形，亦不闻杀伐声起

你转身离去，消失于镜子里的茫茫大雪

镜子也不留存记忆，霓裳与羽衣

形销与容毁，每一张脸都是陌生的

它不代表过去和未来，只是停息的此刻

怜爱自己的人，习惯怀揣镜子出门

并从它的意外破碎里，找到无数个自己

一分为二的镜子，渴望着重圆

合而为一后，又生出看不见的裂痕

消失在人海的滴水，在无数行走的镜子里

闪烁

"镜子犹如真相——"，而所有虚构

都来自镜子之外。只有镜子才是唯一真实的

它开出的花儿，已习惯了凋零

在死亡之前，等待命定的人失声尖叫

选自《诗刊》2019 年第 7 期上半月刊

用减法写诗歌

孤城

面对茫茫白雪，零度左右的空寂
我喜欢往诗歌里不断地添加些什么
比如：在风雪夜归人的前方加三两盏橘灯
在一个单身男人的病床边加一堆炉火
在雪地深处加一只红艳的野狐狸划出一道闪电
在乞丐的破碗里加一块符有魔法的银币
加上满满一鱼篓情书，催那个独钓寒江的老翁
踏雪回家，往黄昏里斟两盅羞红的酒
那些封冻在内心的，加上温暖，再加上语言
往寒冷的空气里加入花园的体香
掀开雪，把花花草草加入异乡人的箫声……

现在是春天。我要用减法写诗歌
把一切美好的
统统减回到真实的生活当中去

　　选自《诗歌月刊》2020 年第 3 期

蚯蚓

龚学敏

大地成为软体组织，胚芽走投无路。

用鞋底垫高自己的投机者们，
试图脱离引力，
成为云象一样的崇高。

他们把水池的煎饼一圈圈地摊大，
银香、鸟鸣，甚至用铁轨的筷子
抬起的高铁，都在清晨点燃的火炉上，
变成食品。

他们忽略的，大地蠕动的耳朵，
在吞咽的振动中，听觉，越渐虚弱，
唯有像演义中的厮杀一样，
一个破绽，
便是一刀，立马改头换面。

雨先洗霾，洗他们，洗鞋底，洗认识极低的
界限。直到把一本书粘成一坨。
书中的字迹纷纷在自己的身上筑巢，
产卵，养育新的雨。

已经不屑于作为鱼饵，塑料的替身，

在水池中模仿腥味，

直到他们的口味比整块的、细紧的

大地还重。

选自《诗刊》2019年第10期上半月刊

杰弗斯的石屋与鹰塔

龚璇

卡梅尔海湾，寂静的荒野
与涌涛的喧嚣，把内心寄居的感觉
织成惶恐的网。鸟飞雾起
我，看不到石屋的侧影
看不到鹰塔的踪迹
所谓世界的尽头
就是海的一边，峭壁的冷峻
使石头只能爱上石头

吴哥窟的弃石，长城的砖
亚瑟王古堡海滩的鹅卵石
图尔巴列利塔的碎石
瓷片，陨块，与墓园的残碑
坚如磐石。空隙间
生长的某种意念
守着灵魂的堡垒，从前的时光
早已耗尽思想的触角

苏格兰民谣，斯坦威钢琴
老照片与旧地图，雪莱墓前的枯叶
楔形文字的巴比伦砖

以及古老的玩偶，可以为一个女人

固守神谕的光阴，但诗歌的刻度

连成的一片命纹，又怎能喻示未来的梦想

石屋，不会推算过路的节令

海狮吼叫着，极具质感的声音

也湮没于浪涛之中

向前，就有海岸的风景

桉树，翠柏，蒙特雷松

依然是过去的样子。它们挺立着

以胜利者的姿态，为被折磨的灵魂

构造悬崖上的鹰塔。海雾中

薰衣草、迷迭香、天竺葵的清香

由远及近。记忆，被水鸟啄破

没有谁固执己见，还想偷窃雨水和阳光

以世俗之痛，埋怨一棵树

或者一座石屋与鹰塔的清冷

把你的心献给尤娜吧

那一个地方

谁走过，谁就能成为它的知己

选自《上海文学》2020 年第 7 期

河流

葛筱强

一生中总会有无数沉默的事物
被一条村庄外的河流无声地带走
就像在人世无数生长与行走的骨头
被每天必然造访的黎明与黄昏
一块块悄悄取出，然后埋掉
七岁那年，我曾亲眼看见一只野鸭
早晨还在河流的上空自由飞翔
到了黄昏，竟然成为河流之上
一团令人惊讶的漂浮之物
而它锋利依旧的趾爪与未竟的心事
刚好落进了河底的满天星光

选自《绿风》2020 年第 4 期

一座山隐藏在人群中

高权

一座山载着故乡的泥土，隐藏在人群中

他的喜悦，像一枚铜钱一样轻

他的痛苦，像万两黄金一样重

他路过的地方，桃花红啊杏花白

在他身上从未生长过，这些异乡的草木

一座山显得多么渺小，当他迷失在

城市的楼群中

他身上的树木，用来装饰了房屋

他身上的石头，用来铺设了道路

他再也听不到喊山人的呼喊

他那历经沧桑的脸，任春风多情地吹拂

一座山离开故乡的兄弟们已很久了

那山顶的小庙，也已年久失修

那住在庙里的神，还没有离去

还保佑着故乡的土地风调雨顺

而那故乡的土地啊，早已无人耕种

一座山的乳名很久不被人提起了

路过一座陵园的时候，他自带着坟墓

选自《延河》2019 年第 7 期下半月刊

那年

顾北

短暂欢愉以后，亲爱的我们慢下来
这一段旅程犹如冒险
我卖命给砍柴人，现在挑柴下山
黄昏的炊烟如此美好
我理了头发，你剃了眉毛
我穿僧衣，而你什么都没有
就像这世界，明明感觉到存在
却如此无力，欲罢不能
这一年，我能记住的
就这么多

选自《诗林》2020 年第 1 期

宽恕

胡亮

宽恕之语义，其一，可能呢，就是慈航
与花椒的混合物。麻了心。
其二，也可能呢，就是高傲的花边。
像秋刀鱼蘸上了柠檬，这高傲
好看又好吃。
其三，还有可能呢，乃是无力感的蛋壳，
蛋壳的彩绘。接近于某种掩体。
其四，不是没有可能啊，就是自私，
为了把莽汉们推向不宽容的针尖。
其五，很微妙，宽恕也有机会成为借口、面具
或歇在大象背上的小麻雀。
这篇袖珍论文的结束语，不得不狠下心来
降低俏皮的浓度：如果不是坚持宽恕，
我们早已四面悬崖。

选自《草堂》2020 年第 4 期

弄关小学

胡弦

山坳里，一座米粒大的小学校，

一群星星般的小孩子。

每当他们诵读，唱歌，

风和云影就在天上应和，

群山起伏，像一座激动的大教室。

——已是春天，芦苇新生喉管，

竹林摇曳，一个女孩在作文里写道：

"我要像桃花心木那样经受考验……"

已是春天，万物蓬勃，

校墙外的镀锌围栏内，一头斗牛

正逡巡，憋着一身劲儿，像个

挨了批评，不服气的小伙子。

选自《诗刊》2019年第8期上半月刊

他看着

韩东

他看着那个顶着水罐下山的女人

看得如此入神，变成了那女人

他有这样的天赋

变成一棵树或者一块石头

变成空山里的一无所有

也能进入到一个苦难的身体

甘受束缚。然后

转移到那个坐在病床前一筹莫展的男人

他是他追悔的眼泪，尽情流下

他是谁呢？

当他和我们毫无隔阂

我们却与他相距无垠

选自《人民文学》2019 年第 9 期

地面之下的事物

霍俊明

一个个橡实掉下来
整个秋天
这些声响可以被忽略

花栗鼠从洞中带着黑暗上来
两只小手把一个橡实塞进嘴巴的左侧
再将一个橡实塞进嘴的右侧
它又抱起一个橡实
似乎有人看到了它
片刻的迟疑
橡实又塞进嘴里

转眼它已不见
带着一分钟的阳光
重回黑暗中的小小粮仓
填满，是它整个秋天的动作

它的眼睛曾在橡树下寂静地闪亮
那更加寂静的时刻
那更加厚密的雪
即将缓慢地落下来了

选自《人民文学》2020年第4期

火焰为什么在燃烧中蜕变为蓝色

海男

舌头伸出来，是为了勾引吗

在物种学的体系中，树互相依着

而火焰是人发明的，它从一块石头上摩擦出了

火星。那是在赤裸裸的山野间

我看见了一个从林子里钻出来的男人

找到了一小块石头，采撷了一小束

花草。那宛如米粒的花草闪烁着

犹如眼眶深处的幻境。男人用花草

摩擦着掌心石头，倏忽间，一股火焰

从石头上往上飘忽。这原始的火苗

笼罩了我多年，直到我面前出现了

一只火柴盒。你是否直到今天

仍在使用那只辗转不尽的火柴盒

你是否隐瞒了某段与火焰相关的历史

你是否每每在划燃一根火柴棍时

重又回到了老家？当火焰从手中冉冉升起

光或热便在身体中沿血液循环

找到了天窗。那道为你而打开的

天窗，是否引领过你的灵魂

是否让你用那伸出的舌头品尝到了

炙热？火焰为什么在燃烧中蜕变为蓝色
用你的舌头证明吧，火焰因燃烧而蜕变为蓝色

选自《十月》2020 年第 1 期

唐朝的一枚月亮

黄礼孩

他脸上的光线柔和起来
岭南的明月抚慰了他的群山
从长安望回童年的韶关
崇山叠着几重峻岭
再苦的地方，贫瘠的众夜
唯有月亮，它不曾放弃每一座故乡
有朝一日，梅释放了光源
身着长袍的他在时间的大道上疾走
滚滚长河夹带庄严落日的小号声

他做过宰相，被皇帝赞许
那又怎样，他的身份只是一种角色
为诗歌所记忆，每一个乘月之夜
他才是唐朝的一枚月亮

选自《诗刊》2019 年第 8 期上半月刊

痴迷于万物的情报

海城

初夏的细雨，缓解了一树的抑郁症。
好奇的水光，
从下面向上偷看，
叶子的隐私。

枝头上练声的画眉鸟，
摆弄着悠闲。
欢乐一寸一寸变短，
求偶的呼唤，晃动着翎羽，
终于钓到了美丽。

刺探秘密的风，
来去无踪，像隐形的间谍，
痴迷于万物的情报。
收集雨水的瘦石
用上世纪的心情，在考古。

雨歌之处，
那么多水珠为大地画下句号。
宁静不沉吟，
酷似哑童，凝望一轮夕阳，
落向树巅上，交代一天的后事。

选自《黄河口文学》2020 年第 1 期

告别

华清

别担心，哀乐是你听过的

整个程序你一清二楚

眼泪会有一点儿，低声的哭泣也可能

会有一个听上去字正腔圆的结论

会有花丛的围拢，绕场一周的吊唁

挂像是生前你喜欢的

花墙后炉火正旺，干净如初

一切都摆拍停当，单等你正装入场

演习过多少次了，绝对不会出错

你只需走个过场，保持尊贵的沉默

那时你的威望会飙至一生最高

这个结局堪称完美漂亮

所有不完美的事情皆被遗忘

连敌人也远道而来，表情凝重，鞠躬时

脸上充满悲伤，角度弯过了九十度

你还要怎样，好好地放心去吧

别想改变这世界什么……想到这儿

仪式已告结束，有下一个急等着入场

进入炉膛前的刹那，你忽觉得有一丝委屈

喉咙里仿佛卡住了什么

就在这声终于爆出的哭泣中

你惊醒过来，庆幸这只是噩梦一场

选自《人民文学》2020 年第 4 期

井

韩文戈

废弃的老村庄都会留下一两眼古井

当它送走最后一个原住民，便撒出一群鸟占据领空

我藏起来，顺着老井与夜光往下爬

世上所有井都像血管在大地深处相通

那里，我遇到众多过去时代的人，我们平静聚会

他们曾是我不同年代的邻居

以及我一生景仰的人

我们同处幽暗，劳心者失却光芒，劳力者不再奔忙

所有人没什么两样，那些圣贤、脚夫和使徒

但我好像回不到地面了

再不能把这个秘密告诉那些地上的生者

选自《诗潮》2020年第1期

天水桥下

胡权权

波及两岸的光影
像胭脂，给斑驳的老墙涂上吴侬软语
像我的母亲，亮一亮嗓子
就让清凌凌的水从下塘街的头顶到
对岸上塘街的脚下
浇了一遍

带露水的芭蕉叶还描着昨夜的月光
插在梦的边沿
——那是沿街最旧的房子
提柳条箱的先生，我的父亲
从镜框里望见他们
各不相同的命运走在各自的路上

小镇的早晨安静得只有画面
流水与小鸟的声音属于原生态画外音
忙碌的日子被孤单的绳索牵引
我可疑的身份
像那些心无旁骛的流云

该如何获得自由
想在微风和静谧里不停地挣扎

江风微澜，我并不是好汉

只想模仿侠客下山

为乡亲寻一纸能治伤痛的良方

选自《星星》2020 年第 2 期

拨弄

花语

是麻雀首先拨弄了那枝枯荷
使莲蓬首先摇动起来
水面，才荡起了涟漪

是翠鸟首先捏着嗓子尖叫
夏天才张开了它的耳膜
流水
磨刀霍霍

是寿带鸟拖着长尾
摆着花枝般的羽翼
从我眼前飞过

我才再次确定
你是我错不开的
今生
必定相遇的妖孽

选自《诗潮》2020 年第 4 期

人间大好

黑枣

人与人之间，简称：人间。

人间挤满了人
所以，草要在他们头顶枯荣
枝条要在他们身体两侧摇摆
水要在眼中流淌
石头要在体内炼成金子……

但凡有一个人离开
就会有另一个人加进来
人间面积有限
人们还在制造各种各样的烦恼
也把自己吃得越来越胖

我借居在一粒尘埃上面
不敢涉足你们的领土
偶尔我从你们之间侧身而过
像反季节的风
悄悄地爬上树叶就不下来了

我来到你们之间
做了朋友，成了亲人

这大好的人间。人间大好

大而无边，好到无话可说……

选自《鸭绿江》2020 年第 8 期

轮廓

何金

我走进墓园的轮廓中，成为它的一部分
这里先埋着我的父亲，又埋了我的母亲
我捧着妈妈生前喜爱的白菊，来到她坟前

青草肃穆，伫立成兵马俑
落日从菊花头上掉下去了

一个守墓老人走过来
他和我攀谈，说他的老母刚刚过世
下山前他下跪给我，说是跪孝
说是打理完这件喜丧就回，他让我替他
看一会儿墓地

守墓老人下山后就刮风了
等他去见过世的老母后，才刮

我则身护佑碑下的白菊，它们那么新鲜
我不怕它们被风刮跑，我怕它们枯萎
若是把我刮成尘土，那该多好
我会紧紧贴着先骨，重做他们的孩子
会随风飘散，然后覆盖在他们的坟上
然后让青草，从我身上长出来

像夜紧紧贴着我们，没一点儿缝隙

它覆盖于人世，星星从它的肉里，长出来

选自《诗潮》2019 年第 12 期

白菜

江一苇

地里的白菜顶着霜，如同一朵朵白玉的雕塑
纯净、温暖、翠绿，让人垂涎欲滴
每隔几天，母亲就会拔上一颗

经过霜雪的白菜，会少了原本的苦味儿
变得甘甜，鲜嫩，即便不抽筋
简单过一遍开水，就会熟，就会散出特有的香味

小时候粮食不足，母亲常常说：要珍惜白菜
只有白菜，体贴咱乡下人，可以炖，可以炒
只有白菜，在冬天还能生长

母亲说这话的时候，眼里满是期望
她把我们当白菜来呵护，期望我们兄弟尽快长大
插上翅膀飞到要啥有啥的城里

但她不知道，在这个世上
无法自拔的不只有长在地里的白菜
还包括地上的，我们自己

选自《诗探索》2019 年第 4 辑

我到你那里去

江非

我是走在我的路上
我是到你那里去
我迈的步子永远是第一步
我走的路上除了荒凉什么也没有
我遇到的果子它充实我不毒害我
我走过的溪流它洗我不淹没我
因为我还没有名字
因为我的心中没有善
也没有恶
我只是一个人这样走在路上
我不知道你在哪里
我也不知道我到你那里去
要干什么
这个世界上，人们都在忙着自己的事情
也许只有你一个人在等着我
也许你只是有一座不大不小的果园
你被秋风吹着
你的果子熟了
落日有一半投向你
剩下的，投向我
我要赶在天黑之前

去摘一个

这个世界上

除了心碎的人

谁也不会去摘那棵树上的苹果

　　　选自《草堂》2020 年第 3 期

青铜

贾浅浅

老迈的清晨，在饕餮纹里徘徊
这一年的谷雨，身穿垂坠的长袍
把手伸向祭祀时的烟火

铜的配方
在周朝加了白芷去腥
尘俗的梦被擦得闪闪发光

人们在秋季调制酱类，雁肉
宜与麦子搭配
编钟犹如一部久远小说的开篇
每一道风景皆为畅饮者而设
在鸡鸣桑树颠的薄雾之下
打发老故事的英雄上路

黄昏边缘，木樨草被遗忘
最后的《湛露》里，有场牌局仍未告终

选自《诗刊》2019 年第 12 期上半月刊

铃铛

津渡

铃铛是一只待擦亮的灯
在暗夜里静寂地悬挂
铃铛要穿透风
走远

在被子里，铃铛只会被淹死
在钟表的容器里
繁复又精密的零件，芯子、齿轮或者链条
维持秩序，期待某种偶然

但在大脑深处，这些都算不了什么
铃铛，不是问号
只能下垂为一个惊叹

偶尔，我也会想起更为久远的过去
洋灰马路，提着小油漆桶子
弯着腰，粉刷木栅子门的老校工
篮球框子眺望着的操场……

一瞬间，粉笔突然在黑板上停止走动
人群向外涌出
而在校舍，村庄之外

广阔的平原上，田野里的棉桃密密实实结挂

一夜之间全部炸开

喊出一望无际的松软与银白

选自《诗刊》2020 年第 5 期上半月刊

一场关于月光的诗会

江红霞

我们读出他们的名字

小心翼翼地

唱出他们的文字

李白，杜甫，欧阳修，苏轼

我们品味着他们的快乐

当然，大多数是痛苦

山河复活，流水复活

市井笑容复活，月光为证

我是主持人，为此

做了细致准备

此刻盛装，颔首，轻语

与复生的灵魂

聚会。或许我们又认真地

为时间贴了一张画皮

选自《青岛文学》2020年第3期

世界情感

孔令剑

我爱这路旁不知名的野草，我爱

它枯而又生的新绿，我爱它同时

拥有一个冬季的允诺，一个春天的默许

我爱它叶枝间的即将，一颗晨露

——人间之水，大地的球形。我爱

它所护送的道路，这道路所不能到达的

无人之境，我注定在那里消失于无我

在群草的迎接，乱石的明证，在空谷

之风，弱溪之流——我们都是时间之身

在太阳之光的澄明。我更爱这人世

——道路连接的每一座城市和村庄，我爱

它们的喧嚣，烟火之声，建筑之语

这路上走过的每一个人，我爱

我们在我们所在——境遇之所，行动之梦

每一条道路都怀有世界的一种模型

我爱这无畏之爱，她赐我一片天空：

白昼，赋我如流云；夜晚，嘱我似星辰

选自《诗刊》2019 年第 12 期上半月刊

在珠日河草原看星空

李南

草地，星空，一条小路

钻向被夜色湮没的蒙古包

这是珠日河草原之夜

我曾经的奢望顺着山坡升起

几个朋友指指点点

辨认银河、白羊座、牛郎星和织女星

山腰上的望月亭

有人并肩私语，有人点上一支烟

下弦月慢慢挥手作别

北斗七星更加璀璨

我迷失又清晰，清晰又迷失

在露水和夜风中

有一刻，就是那一刻——

在我梦里设置的那个情景

唉，只是可惜没有你

可惜也不是我们两个人

选自《诗选刊》2020 年第 4 期

心灵的阵雨洗去现世的浮尘

林莽

我朝拜过许多座辉煌的寺庙
也步入过很多名扬世界的教堂
梵音和圣歌让人沉静
缭绕的香火和闪动的蜡烛
引心灵上升
俯视自我的躯壳和世俗的人群

在科隆大教堂熙熙攘攘的广场上
我看见一个矮小的黑色精灵
脚踏响板吹奏短笛
嘹亮　欢快　任意而为
挑战宿命　背叛了圣乐的庄严与凝重

我还记得在一座穷乡僻壤的庙宇前
一位神秘的卖蛇人　用谶语歌唱
他凌乱的毛发恣意飞扬
众神沉静　群峰隐入了飘飞的雨雾

这多元的世界还有多少我们未知的领域
我非信徒　但心怀敬意
相信会有某种力量主宰着这个世界
我很少跪拜也未曾虔心忏悔　但我相信

真诚会令心灵的阵雨洗去现世的浮尘

选自《诗歌月刊》2020 年第 5 期

白桦树

李志勇

我知道白桦树被砍，但是季节仍可以让河水变蓝
让天空变得更加
没有边际，没有声音，覆盖所有的山峦和人们

人们将雪运走，白桦树被投入炉火
你在一个没有任何用处的地方哭泣，向这团火哭泣
但白桦树仍可以使山峰变白，使山峰更为平静

那是一个梦一般遥远的地方，空中的白桦树降临到街上
一棵一棵，但是云朵仍在飘动，你仍然还在梦中
它们又一个个离开了那里，去了更远的一个地方

选自《诗刊》2020 年第 3 期上半月刊

中秋节：简单之物

李轻松

唯有简单之物，才能让我垂下头颅
比如竹、谷物、粗陶都是朴素的
鸿毛如此轻，与美
今夜只有两朵花开
容我只表一枝。八月十五是圆的
但我只说这"和""敬"中的至简
这"清""寂"中的至纯
此时月亮退到了幕后
而秋风细碎而来
吹得花瓣落了一地
只剩一支空枝——
我们一起斜倚着月光
像两个空着的花瓶，无花可插
这算个算是流水落花?
不，只有空的器皿，并无空落之人……

选自《星星》2020 年第 5 期

黄昏从来都只属于相爱的人

林珊

在人群中，她总是孤单的
哪怕他曾为她指认过一轮皎月
曾带她路过一片幻象的草地

她因他写道：我不要和任何人告别。包括你
她独自到广场上寻找鸽子
顶着烈日去地下书店翻看书籍

她记得那个清晨，她站在旷野里
看见柚子树结满落日般的果实
青椒又一次在寂静中捧出泪水

她记得那个下午
远古的陶罐在纪念馆展出
雨中的街道以一个诗人的居所命名

她因他写道：黄昏从来都只属于相爱的人
自始至终，她对这份残缺的美
一直充满不舍和感激

选自《诗刊》2019 年第 12 期上半月刊

桉树林在出汗

陆辉艳

桉树林在出汗。它们的顶端
长出了黄金
太阳一样照着人们的脸

如此朴素的，沧桑的脸
如此急迫的，幻想着将来的脸
整日整夜的劳作，让生活看起来
并非一团废墟。并非

被眼前绑缚。它们有
抓紧一切事物的强大根系
单纯的人们，用某物
换取另一物
满足于正经历的，被平衡的幸福

他们走在黄金滴落的密林
没有人注意，突然而至的干旱
绿色的沙漠，似乎
什么也没有发生
自然在不停地往返中
当它们变成工具，砍伐自身时

选自《扬子江诗刊》2019 年第 6 期

南岳邂逅一只蝴蝶

梁平

那只蝴蝶应该是皇后级别，
在南岳半坡的木栏上，望着我。
过山的风骤然停息，
它的两翅收敛成屏风，
惊艳四射。我不忍心惊扰它，
感觉我们之间已成对视，
时间在流走。

一个道姑从我身边走过，
一个和尚从我身边走过，
他们视而不见。我甚至怀疑，
那是一只打坐的蝶，悟空了，
对视只是我的幻觉，伸手可及，
但没有伸手，戛然而止。

选自《诗刊》2020 年第 3 期上半月刊

三川坝观鹭

雷平阳

流水过处，岸边的柳枝

水草和残荷，都成了俗物

唯有静立的白鹭

以出世之美挽回了颓势

它双目寂淡，光芒收归于内心

身体一动不动，翅膀交给了灵魂

流水中有几个女子

弯腰清洗着莲根

也顺势打捞水中锋利的刀子

她们偶尔抬起头来，看见白鹭

一阵慌乱，又迅速弯下腰去

仿佛看见了肉身成道的

某个邻居。我在流水之上的木桥

闲坐，无端地浪费着时光

不在乎流水的道场经声四起

只等暮晚来临

看一看夕阳在山顶上

等待白鹭，夕阳会等多久

白鹭会不会动用自己的翅膀

选自《诗潮》2019 年第 10 期

万物之心

吕贵品

我听到大树说：可以把我锯成木板
不要把我缝成棺材

我所到江水说：可以把我放进锅里
但不要让我煮一群小鱼

我听到高山说：可以把我凿成石块
但不要用我建筑牢房

我听到钢铁说：可以把我冶炼锻造
但不要把我制成噬血的子弹

我听到火焰说：可以让我起舞焚燃
但不要让我烧灼血水

我听到躯体说：可以只走一条道路
但不要让我跪膝匍匐

我听到灵魂说：可以让我言之凿凿
但不要让我阴谋告密
……

我之所以能够听到这些心声

因为我就是万物之心！

我！

是浩瀚的宇宙

又是一颗微粒

选自《诗潮》2020 年第 3 期

西山暮色

李少君

久居西山，心底渐有风云
傍晚我们要下山时，他还不肯走
说要守住这一山暮色

他端坐寺庙前，仿佛一个守庙人
他黝黑朴实的面孔，也适宜这一角色
他目送我们，也目送一个清静时代的远去

我走了一段，回头去看
他脸色肃穆，和苍茫的山色融为了一体
他仿佛暮色里的一个影子
隐入万物之中……

选自《诗潮》2019 年第 12 期

大地

李云

犀牛的皮肤，骨骼耸立，河流的源头

黑森林的秘密，岩浆喷发时烟尘四散的灵魂，我看到

旱季和雨季孪生兄弟，走失在两极

大海蔚蓝的汁液仿佛是唯一无毒蜂刺

时令、农谚、生与死的契约写在这里

坟，摇篮曲

我还能远足多远，雪山后面的寺庙，红痣

深井，脐，独眼或针孔，从这里可聆听内心的隐言，深处的深

汲取这个侵略的动词，是自然枯竭的原罪

我们躬下身子，和成熟的稻穗和秋后的蒿草比比谦卑

阡陌上墒情焦虑的季风，黄金死寂，金属退到石头的深渊

也没有躲过一场场屠城风暴，降下血雨才有腥风，洪水来了

我敢放言：万物之灵诞生与此，也毁灭与此

托举太阳，也摘取雨水和雪花，包括微生物电磁光和磷火

胃总是痉挛，地震，海啸接踵而至，大地

苦难和欣喜同在，比人类更悲伤，它是不会哭的动物

最后，我们被焚毁的肉身，将以灰的形式消散
欲念妄想增加它的厚度和广度，风来
一切皆空无，大地指间光在滑落

选自《大家》2019 年第 5 期（双月刊）

发呆

李平

万物静谧

在同一韵律里呼吸

那些低矮的植物

必须匍匐才能看到：刺蓟、苍耳、苘麻

何首乌、曼陀罗、旋覆花……

仿佛来自不同的星球

开花结实后

在山上，将自己天葬

一年只开几天的花

一生只开一次的花，白的、黄的、紫的

以及说不出来的，一碰就落的花

你接得住吗？

海那边是山

山那边是湖

落日的尽头是青灯

这些神性的东西，也是人性的东西

和我的惶恐融合在一起

偌大的湖面

突然亮起来，那些留白

应该有一个空镜头，正为我加持

我坐在湖边
点了一支烟，恍然多出了一个人间

选自《扬子江诗刊》2020 年第 2 期

冬日

李点

大风过后，我的必经之路上
有了一地落叶
我所能做的
就是不得不踩在上面，轻轻地
怀着一种无言的不安

我愿它还是绿的
依旧生长在细小的枝丫之上
树木高悬着耀眼的果实
冬天尚未来临，一切都井然有序
你，还没有离开

选自《西部》2020 年第 2 期

怀念洛夫

李天靖

"跪向你向昨日向那朵
美了整个下午的云"

"你"何人，"昨日"哪一日
"那朵美……云"是什么

微醺时，我问洛夫
他只是微笑

一旁的夫人
直嘟哝……

茫然，忧伤
《烟之外》为雪的眸子

知道他的秘密
夫人也没辙

一想起这个情景
就怀念起莫测的洛夫

——最终坠于

深渊的海

选自《诗潮》2019 年第 12 期

几乎不存在的器物

鲁羊

你不假思索，一屁股坐了下去

你惊叫一声

你坐上去的那个东西既非椅子也非凳子

而是一件几乎不存在的器物

在往昔时代的家居布置中

它放置在沙发的一端，又冷静又谦和

像一个退了休的工作能手

它浑身都显出有效的构思

譬如它可以是一张小小的茶几

它有插报纸的地方，还有插放各种遥控器的地方

这些细节让它显得无比陈腐和怪诞

至今我们都不能说出这个器物的正式名称

你曾经上百次想把它扔到楼下

你说它长得就像一件垃圾

所以在想象中，它已被抛弃上百次了

它几乎已经不存在了

此刻，你不安地坐在上面这个事实告诉我们

有些东西即使几乎不存在，也没有真的不存在

即使那是件丑陋的，无名的器物，早已开始松动

却忽然透出意外的真实性和

颇有把握的幽默感

选自《青春》2020 年第 5 期

风在吹

刘立云

告诉你，明天万物将举行一场暴动
绝非危言耸听！我是悄悄下楼
悄悄溜进街区的小花园
窥破这个秘密的。我发现它们把斧头
藏在花朵里；把磨得锋利的剑
插在仙人掌的绿叶中
风在吹，我听见大兵压境，一个
又一个军团的列队报数声
行进脚步声，喊喊喳喳，喊喊
喳喳，正向我逼近
但我不关心它们的胜负，我只关心
去年三月走失的朋友
是否安好，能不能在这个春天回来

选自《延河》2020 年第 5 期

在仁川

刘汀

我们总是倾向于
在遥远之地寻找熟悉的事物
比如在仁川，我找到了
面条形状的面条
包子形状的包子
还有人的样子的人

但是我不敢打开任何一种
我知道这相似中的危险
它们会提醒我，在仁川
我才是那个似人非人的人
这个人身不由己
他的胃，他的心
以及飘忽不定的声音
将他逼近那个吞咽的瞬间

此刻，一切都得到了验证
他并不在仁川，他在北京
他也不在北京，他只在
对自己的想象中

选自《钟山》2020年第2期

星期三的珍珠船

里所

当秋天进入恒定的时序

我就开始敲敲打打

着手研磨智慧的药剂

苦得还不够,我想

只是偶尔反刍那些黏稠的记忆

就足以沉默

要一声不出地吞下鱼骨

要消化那块锈蚀的铁

我想着这一生

最好只在一座桥上结网

不停地画线

再指挥它们构建命运的几何

我必定会在某一个星期三

等来一艘装满珍珠的船

选自《青春》2019 年第 11 期

天气

李以亮

一个人能够做成的，只是
自我完善。每个人
都随天气变化，只是他并不知道。

有时，我走到镜子前
察看来到脸上的积雨云或雾霾。
有时我转动座椅，看见窗外阴沉的天空。

我看不出它们会带来什么改变。但在
某一天，我所遇到的某个人改变了
我的命运，或被我改变——
因为那天，天气晴朗或阴沉。

一生里我所经历的，
太多不在我的设想
或掌握，唯有在这间屋子里，宁静
依然是最高的秩序，仿佛杯子握在手心。

　　　选自《星星》2019 年第 11 期

仿佛很早就认识

离离

我想让自己成为我的仇人
放过我爱的人

比如爱过之后的放手
像脚碰到石头，仿佛很早就认识
那种疼

脚踩到野草，仿佛很早就认识
经过她们的春天，牛羊和露水

一个女人在这世上的四十年和
生育过的身体，仿佛很早就认识
疾病和苦楚，曾经的美貌和青春

选自《飞天》2020 年第 4 期

阿姑山谣

蓝蓝

阿姑山，阿姑山
一群羊在坡上啃着青草

四个孩子在草滩上笑
他们的爹娘在树林里哭

阿姑山，阿姑山
沟里有十颗黑色土豆
桌子上有一只空碗

一把斧头跟着你们
太阳在穷人的脖子上闪耀

阿姑山，阿姑山
今晚的月亮又大又亮
有罪的诗人正在把你歌唱

选自《特区文学》2020 年第 1 期

两个诗人

刘川

一个诗人和另一个诗人的

区别

就是一个出版了若干诗集

另一个一本也未出

就是一个著作等身了

另一个还没有一本书

放在地板上

就是一个人的书一些进了图书馆

被手指摸脏

之后又落满灰尘

一些进了书店

被买走

又被卖掉

一些进了旧书摊

另一些回了废纸收购站

又回了造纸厂

而另一个人的书

仍旧没有钱出版

只是零星的几篇在一些人的嘴巴上流传

选自《福建文学》2020年第2期

樱 桃

李寂荡

樱桃树结出绿色的果实
果实在生长，长成珍珠般浑圆和大小
四月中旬，天气变热
满树果实很快变成杏黄
又由杏黄星星点点地变成彤色
我一次又一次从樱桃树下经过
触手可及的地方，果实还未成熟
而成熟的已被之前的行人摘取
成片红彤彤的果实挂在高高的枝条上
可望而不可即，我只有吞咽着唾液
我想，要是一场暴雨降临
一定是落红落黄满地
并很快在污水中腐烂，或冲掉
鸟雀在枝条上叽叽喳喳地鸣叫
那是满心欢喜的鸣叫，不用说
这满树的樱桃，是属于它们的盛宴

选自《诗歌月刊》2020 年第 4 期

南山之忆

李元胜

那些和我在樱花树下对饮
在山水湖边散步，在俄国大使馆旁激烈争辩的
都成了云上之人
我这么执着于内容的人
如今，只记起了当时的微凉和落花

我独自重走那条山路
一直小心走在小路的边缘
似乎总要留些空，给同行之人
这一路的落叶和旧友啊

似乎仍有夺路而过的雨
似乎仍有飞上衣袖的蜻蜓
似乎人生之书，在此山中
还可以一再重写

我们的存活里包含了如此多的天气
如此多的故人和无尽旷野
黄昏时，我们和众多山峰一起坐下

下面是长江，滚滚而过

像滚滚而过的时代们，总之有用：

清澈时我们用它明目

浑浊时我们用它洗脚

选自《诗刊》2019 年第 10 期上半月刊

老房子

李昌鹏

这老房子，楼梯漆黑
我们，爬到哪一层
声控灯就亮到那里
上面是黑的
下面的楼梯好像也消失
黑的空间，以及
刚刚过去的空茫时间
假设我们是隐形的
譬如，幽灵
人们看不见我们
或许，也有我们看不见的人
走在楼梯上
有上的，有下的
我们从他们的身体
穿过，他们也
从我们的身体穿过

选自《山花》2019 年第 7 期

约维尔小站

路也

此时，约维尔小站，只有我一个人
落日正给英格兰佩戴上徽章

地球上最后一个人
等候世上最后一趟火车，开过来

时间沉睡在列车时刻表里
细长条形的显示屏翻腾着一些地名

候车室书架上安插着几本诗集
在无人翻阅时也发出回声，昭示未知和无限

四周寂静，从路基缝隙传来蟋蟀的琴声
是欢愉、纳闷和告别的合成

一列火车听从秋风的指令，将要进站
并打算凭借冲动，驶进远方的一场冷雨

小站是我头脑里的一个想法
生命原本可以如此空旷——我独自前行

选自《星星》2020 年第 2 期

稻草人

冷眉语

灾难降临
响水未能抓住一根稻草
我们都是稻草人
企图要抓住什么

抬头望一眼天空
这大好的春光悬浮着的草茎和花朵
有一天都会变成压倒我们的
最后一根稻草

仿佛深不见底的水
看起来平静，深处却是火焰的旋涡
我知道，沉下去就上不来了

选自《海燕》2019 年第 11 期

想念

刘春

你还在的时候，我每天都拼命工作
每天都对别人笑，我想挣钱
想让借了一辈子债的你放心——
我们家不缺钱了

现在你不在了，我仍然每天拼命工作
每天对别人笑
爸爸，我们家真的不缺钱了
可我怕一闲下来就会想你
怕想你的时候我会哭得
不像个男人

选自《星星》2020 年第 6 期

植物学

林莉

这是繁缕
在墙角边，开着小白花
这是一年蓬子菜、风轮菜、凤尾蕨

这是沉默的植物啊
这是去而复返的离人，这是……
草木之心或不被破译的浮世音讯

这是大地上
说不出话，用力续命的词语
这是一年蓬子菜、风轮菜、凤尾蕨
以及繁缕

选自《诗刊》2020 年第 5 期上半月刊

一阵风吹草动

路亚

我不能再躲在阁楼里
在秋虫的鸣叫绝迹于我的贪睡之前
在花朵们撕碎自己的诗稿之前
我要去看它们

一直爱着我这个病人的它们：
草木虽歪斜，河水也不安
每一片与我握手的叶子都带着寒意
但不远处，弧形的冬青正幻化成一群马匹

岁月是个魔法师
曾将我身体里的花朵变成一块块石头
如今，又把花朵们还给了我
真好。我知道我的生活刚刚开始

选自《作品》2020 年第 4 期

限之内外

李发模

万物皆有期限，也有界限
甚而防线

也会是障碍

时空笼内，岁月之栅栏内
生死也累，炎凉也糊涂
世间划痕猫与老鼠，老虎与猪
最终在弥勒指尖，轻轻一弹
千年就没了

期限的长度，界限的宽度，防线的变度
谁识天机
唯见玄色

选自《诗潮》2019 年第 10 期

玉碎

李皓

对一块玉品头论足，或者把玩
是你多年以来的生活方式
渐渐地，你就成了一块玉
温润，通透，有瑕
绝不与瓦为伍，相提并论

一块不动声色的石头
也有爱恨情仇吗
也有难以释怀的负累吗
你有时憨厚地笑一笑
那些堵在你人生路口的瓦片
就会烟消云散了吗

那些瓦
把你的嗓音硌得越来越沙哑
而那些命根子般的玉
终究是少数
它们紧紧地把持着真理
不屈服，也不言语

是什么把你弄碎

是什么让你如此从容

就像你那次喝了点儿小酒

笑眯眯，心满意足地

消失在摇摇晃晃的夜色里

我们向你的背影拼命挥手

而你头也不回

只留下一堆让人心碎的玉

留下一缕久久不散的青烟

提醒我们在苟活的同时

对于貌似完整的瓦，要视而不见

选自《山东文学》2019 年第 7 期

优雅

梁小斌

质朴的人，也有着他们的优雅生活。
收割时弯腰与伸展的自如，
不紧不慢地挖土，把钉子巧妙地钉到
窗户的横木上，用粗糙的手抚摸一下。
只要这个人拥有娴熟，
对娴熟的人来说，一切都没有阻塞，
这是一个流畅的人生，
或者说，它散发着浓郁的生活气息。
一个人在黑暗中摸索，只要他的摸索
准确，他就无所谓黑暗与否。
人对他所面临的命运，已经完全想通了。
优雅里暗示着结论的安详。

选自《诗潮》2020 年第 1 期

切柠檬

莫卧儿

就算正在深不可测的水域中下沉

或是迷途于浓雾

那只有力的手臂

也能使你瞬间从困境中出离

甚至，新鲜气体

旭日般喷薄于空气的语言中时

你以为生命的底色就是

这片引人飞升的黄金之地

再没有比五月的绿意

啁啾的鸟声更与之匹配的了

就像此刻

时间执意要为自己精心绘制一幅肖像

按下它风驰电掣开关的

竟然是案板上

那颗小小的柠檬

是的——

它甚至让你暂时忘记了揭开

夏天的画布

去探视背后的悬崖与激流

选自《广西文学》2019 年第 11 期

罢时

马晓雁

我栽下的黄瓜、茄子、西红柿、辣椒相继罢时
霜杀之后，玉米、葵花的枝干也可以刈除
豇豆、南瓜的根蔓已倒伏多日，并浸渍了泥土
秋分时节，只有胡萝卜叶还绿着
它的根须继续在地下积蓄橙黄的色泽
一岁将尽，农妇们似乎并不忧心，毕竟
光阴又积攒了一层，哪怕眼角新添了皱纹
万物皆曾布施啊，佛陀在高处，慈悲在低处

选自《延安文学》2020年第2期

草木论

马占祥

草木也有失语症——在没有风的时候，它们不会说话
它们没有喉咙。它们的词语都是附加的单音节
我认为它们的哭声是——唰唰
它们的笑声也是。有花朵的苦子蔓和肥大水蓬都是绿色的
老了的箭杆杨不是，它的躯干是枯黄的肤色
它们都是活在黄土上的公民
秋天放弃一个省份的绿，春天的朗诵词里都是去年

选自《诗选刊》2020 年第 6 期

阳台

马永波

不需要很大，一张白色的桌子

两把藤椅，几只落了花瓣的小碗

阳光好的时候我就看书

看累了就抬头看看山上

慢慢移动的绿色阴影

看完的书就回到阴凉的内室

像是倒退着告别的殷勤优雅的客人

或者把没看完的书就扣在那里

因为你在其他的房间走动

并几乎先于你清脆的语声

来到我的身后

没有人记得我们

我说的其实是另外一座阳台

半圆形的，挂在一座高大的拜占庭

建筑上端，两个姿态扭曲的女像柱

从下面支撑着密谋的寂静

当身材矮小的暴君从会议中起身

从金碧辉煌的大厅

一下子步出历史的前沿

灰白色的鸽群再次轰然飞起

倾斜着画出扩大的螺旋

选自《绿风》2020 年第 2 期

夜晚来临

麦豆

夜晚来临
仿佛一尊大佛来到了人间

无边无际的黑暗
大佛就坐在窗外
我们坐在它巨大的体内

我们——
大佛内心的一部分

大佛睁开眼
我们便开始看见遥远的星星

大佛不说话
熟悉的便还原为它们自己
重的便缓缓变轻，远的便走近眼前
死去的小草便纷纷在春天发出新芽——

夜晚来临
沉默再次回到语言的内部
人兽互不干扰，自由自在

选自《广西文学》2020年第1期

诗人酒吧

马骥文

请把灯光调至蝙蝠级，以便我们
可以被深邃的事物观察。九种题材，
对应九种气度。如何喝，就如何写。
哈哈，每一夜都能看见新少年，
从天边冒雨赶来。他的手掌落满
雨水，需要喝一杯才能变得温暖。
管风琴手，正弹奏属于未来的乐篇，
我们都坐在宇宙适合的位置收听。
这是避难洞穴，流浪人聚在这里
长久地谈论心灵。彻夜的彻夜，
多少幽灵——从我们口中复活。
他们在篝火上跳跃，照亮你在语言
险地上耕作归来的脸。没有人
可以阻止我再饮一杯这深情的酒。
爱人离去的冬天，你行走在薄雪的
郊外，练习一生的寒冷。足够多
河冰在我们身后崩碎，足够多人
陷入自己的故事，再也无法走出。
我披荆斩棘来到这里，只是为了
重新找回被我丢失的海洋之心。
一些人群离去，更多的却正在走来，

诗人酒吧即将迎来新的一天，我
也将再次从这里起身，去世界码头，
搭载你魔鬼的帆船去一片新海巡游。

选自《芳草》2020 年第 2 期

我羞于称自己为诗人

慕白

我的心不够温暖
我是一个卑微的人
我的心长着一颗羞愧的灵魂

我不敢扶起面前摔倒的老人
我不敢呼吸 $PM_{2.5}$ 大于 100 的空气

我喝酒怕醉，吃肉怕肥
我睡到凌晨 3 点就会醒来

我的欲望像春天的野草
千里之外的微尘，就会让我胆战心惊

我害怕躺下就不能起来
我害怕闭上眼睛就不能睁开

我没有给穷人施舍过一枚硬币
我没有给爱人买过一枝鲜花

我纠结于生活，写过虚伪的证词

我的内心不止一只魔鬼

我羞于称自己为诗人

　　选自《作家》2020 第 3 期

夜宿杨森君先生书斋

马泽平

一间房舍,如果没有摆些闲书、金石
枯木,就显得空荡
如果没有爱物之人摩挲它们
使之显出纹路。甚至
窗户没有打开,没有迎进月光
睡在凉榻上的人也是静物
但现在,它们像游鱼入海
像是玫瑰,被少女攥在手心里
它们分别还原为西夏流通的金币
交易马匹和粮食
还原为书法家,挑灯,卷起衣袖,研墨
使汉字的筋骨透过纸背,还原为
城池、山林,以及历史
世间有一种奇迹:他久居这里
与它们互为成全者手中的法器

选自《诗刊》2019 年第 12 期上半月刊

晚年

芒克

墙壁已爬满皱纹

墙壁就如同一面镜子

一个老人从中看到一位老人

屋子里静悄悄的。没有钟

听不到嘀嗒声。屋子里

静悄悄的。但是那位老人

他却似乎一直在倾听什么

也许，人活到了这般年岁

就能够听到——时间

——他就像是个屠夫

在暗地里不停地磨刀子的声音

他似乎一直在倾听着什么

他在听着什么

他到底听到了什么

选自《诗潮》2020 年第 1 期

父亲不说多余的话

马铃薯兄弟

父亲一直坚守着他的沉默寡言
今年一百岁了
因为聚少离多
我们说过的话，加起来
也不超过一千句
有一句话却反复出现
儿子，吃饱了吗?

事实上，父亲也不会直呼儿子
他只说，吃饱了吗?
没吃饱，再盛一碗
这句话，像命运一样结实
在人生，在东西南北
我们围绕这句话，走了一圈

选自《作家》2020 年第 6 期

在沪蓉高速公路

毛子

一辆长途大巴上，我把自己
塞进耳机里

一个沙哑的女声优，在读
一首外国诗
诗中回忆少年时，他离开出生的小城
搭上一艘蒸汽轮船
去了远方。但多年后
他开始怀念码头上
挥手的人

当你从太空中朝下打量
你能看见，公路上
快速移动的我
但你看不到那段朗读，那首诗歌
它们也在移动，也随大巴拐过弯道
进入又穿过
一个又一个隧洞

真的很奇妙。狭小的车厢里

循环着一个更大的空间，更大的存在

就像中途下车的人

带走了另一种生活

就像物理学家所说：在宇宙之外

还有平行的宇宙

选自《诗潮》2020 年第 3 期

螺旋纹

孟醒石

装修工人说："这里安静得可怕

电钻的噪音，被充分放大。"

是啊。我从省城丽馨园

搬到横山村，离闹市区越来越远

离太行山脉越来越近

内心的蚁群突变为满天的星辰

曾经让我烦恼和羞耻的事物

竟然焕发出璀璨的光芒

我们装修新房

不过是在异乡，再造一个故乡

除了深深的寂静

将狭小的我们，放大到正常尺寸

没有悦耳的音乐抚慰疲惫的灵魂

风声、雨声、雷声

孩子的哭声、女人的抱怨声、老人的责骂声

全部都是噪音

寂静与噪音，故乡与异乡

成长与衰老，爱与恨

所有对立的事物

都在这里统一为钻头的螺旋纹

深入时间的黑暗中三寸

选自《诗刊》2020 年第 1 期上半月刊

夜宿五台山

年微漾

砍下一个人的脚，不如藏起他的路
令他无处可去，只好就地安居
这山间处处是道场，马儿仰头吃败叶
獐子俯身啃衰草，五百年前修塔的匠
灯下重刊经文的僧。世上时日无不
风起云涌，最大的智慧是两两相对
而又互为静止。星辰照耀菩萨顶
的士司机加价未果，淡季里奶娃的
旅店老板娘和下楼添煤的北方男人
一家佛器店早早锁了门，一位小和尚
蹲在公路边，他的鞋底进了沙子，但沙子
始终倒不出——沙子就是他的俗姓

那天夜里无比寒冷。翌日清晨
地上落满了大雪，一些脚印清晰可见
哦，已经有人走在了我们的前面

选自《人民文学》2020 年第 5 期

伯格曼墓地

娜夜

你好伯格曼

你真的很好

你 12 克重的灵魂和法罗岛的海鸥赞同

被你用黑白胶片处理过的人类的疯狂与痛苦

也赞同

与你的墓碑合影

谈论你的女人和电影

我们知道那是怎么一回事

却无从猜测大师隐居的晚年

和你壁炉里彻夜燃烧的涛声

我们无从猜测被波罗的海的蔚蓝一再抬升的落日

仍在天上

你在地下

哭泣和耳语

那个戴着小丑面具的老妇人

她的发辫和裙子多么美——当她躬身

脸颊贴向墓碑

伯格曼

你的墓前盛开 1960 年的野草莓

选自《作品》2020 年第 2 期下半月刊

远离尘世的地方，与神灵最近

娜仁琪琪格

轻软、温暖，双脚踩上去舒服得惬意

米黄、洁净的沙粒堆积出的暖床，以及轻软抖动出的辽阔

起伏，断崖、沟壑，都给出了绝对的安全

远道而来的人

放下了全部的戒备

丢掉了鞋子、眼镜，美女们用来保护容颜的

遮阳伞、帽子、围巾，统统拿下

在这里每个人都回到了孩童的时光

恣意、狂放、疯痴

滑沙的尖叫，在滑板上失去了平衡，翻倒了打个滚

有惊无险。飞出的魂魄被召回

继续，新一轮的挑战

第一次骑上骆驼的人，在高高的骆驼的峰峦上

随着它迈出的脚步，一起一伏

经历着心的狂跳、颤抖

这时你才会佩服，那些端坐在驼背上的人，

淡定、从容、优雅，迤逦成一道超然尘世的风景

我在平缓的沙丘顶端和姐妹们拍照

其实，我很想顺着起伏的山丘走向天际
那更远的空寂，散布着神秘的气息
我心疼那些长在沙漠中的小草，它们散落着
向天涯逶迤前行，传递着消息，发散着火种

这平静的另一面
是令人多么惊悚
而此时，天边涌动奇瑞，神性的光辉
我们在巨大的福泽护佑下，享受自由、疏放
无拘无束。我们是被上苍宠爱的孩子
我们是被他们选定，派来尘世的天使

我们敏感的身心经历过苦痛、沉沦、挣扎
那些囹圄，突出重围的伤
必然会得以疗养，慰藉与修复
远离尘世的地方，与神灵最近
我们会感到他们的存在
看那天边的万象，给出新的昭示

而我在照片中看到自己的另一个模样
与我合照的姐妹，另一个模样

快些离开，快些离开，我们要在暴雨来临前赶出沙漠
在一道光亮里
我接到了天庭的另一道消息

选自《民族文学》2019 年第 8 期

难题

念小丫

我时常对着试卷发呆

我在其中

深深怪罪自己

两难啊，亲爱的孩子

我为你提供

草原的想象、大海的想象、云里雾里的想象

同时

我又不停地提出问题为难你

把想象

变成事实

做一个母亲是多大的难题

你有童年趣事

而我不得不拿世故的圈套

一次再一次

套住你

你毛茸茸的睫毛，挂着幻想

多么美

多么不可侵犯

而我，为了一张优秀的答卷

制造风雨

扼杀天性，亲爱的

写下这些时

是多么揪心的难题

选自《草堂》2019 年第 8 期

苦修者

纳兰

人不过是一棵在雨中行走的树
树只不过是被禁足的人
树一生所做的努力
只不过是想为自己戴上茂盛的树冠
浓荫是谦卑的树抛下的王冠
有时候背靠着树而坐
它就是倚靠
有时候怀抱着树
它就是失散多年的兄弟
只不过是一根白骨
在土里复活了自己的树干
哪有想久居黑暗中的树根
向树梢传递的是这样的信念
长成通天的梯子
有些树已经掌握解锁之道
随时亮出体内的梯子

选自《诗刊》2019 年第 12 期上半月刊

我从未相信过钟表的指针

潘洗尘

谁愿意人吃人
但这样的事情过去
不是没有发生过

极端的灾难能催生
人心中的善
但也会催生
人性中的恶
我多希望凡我族类
尽为前者
抑或前者更多

但现在还不是
一盘棋终局的时候
不论你执黑执白
先手还是后手
也不管是一目还是半目
即便是到了
读秒的时刻

所以现在你说什么

我都不会相信

就连我此刻写下的这些

我自己都不能

彻底相信

这就像我从未

相信过钟表的指针

我只相信

时间本身

选自《诗歌月刊》2020 年第 6 期

瓜田守望者

彭惊宇

瓜田守望者有一副瘦小的驼背身躯
一张非洲部落酋长桃核纹的脸

瓜田守望者是月光下警醒的怪鸮
攀上高高木棚架，又像眉目不清的黑猩猩

瓜田守望者竖起尖尖的耳朵在细听
瓜蔓生长、膨大的声音，风吹草动的声音

瓜田守望者必将遭遇一群沙獾似的野孩子
他们神出鬼没，让瓜田守望者昼夜难寐

大太阳下，大荒原上，瓜田守望者变成了灰狼
他那两柄愤怒的镰刀，在獾孩身后虎虎生风

选自《鸭绿江·华夏诗歌》2020 年第 3 期

长乐街抬阁会

潘维

一

没有一碗米酒可以保持平静，

当长乐街随锣鼓声游动，

踩着高跷，身着奇装异服的队伍，

抬着故事里的人物，

从大红的热烈中窜出来的时候，

一位打着黑纱罩伞，以仙女的形象

立于台阁上的少女，她北方的圆脸，

足以升华文化遗产的古老；

她扮演了湘夫人还是莲花公主？

或者，她仅仅做了忠孝礼义的宣传品，

这些，并不重要。

但她的兴奋从容，让我找到了屈原早年的玩伴，

那么新鲜，保存着荔枝的天赋：蜜汁

直接从俗世穿越到艾草的清香里。

她的灵魂——最天然的婴儿肥，

似乎突然感染了半座汨罗城：

天空像一块汗津津的脂肪。

二

从牌坊进入郑家大院，那幽暗的

潮气，让我联想到梅菜扣肉，

妻妾和餐饮比革命和生意更引人入胜。

很容易想象主人和长工对话时的场景，

像皮影戏，一位气定神闲，另一位胆怯顺从。

在交通工具崎岖的年月，

人际关系几乎没有变数，只有通过联姻，

把死水激活；只有通过反复串门，

把琐事变成必需品。

而群山依旧把时光包裹在锈里。

当辣椒晾晒的味道铺展着晴天午后，

鸡鸭在随地施肥，铁匠铺捶打的热气

涌向窄窄的街道，石子慢慢吸收着熟悉的灰尘，

这时，我会认为，那些充满抱怨的人才热爱生活。

而那个文化馆职员，服从上级指令，

把散漫的群众组织成丰富的喜悦：

舞动，沸腾的火龙。

选自《诗刊》2020 年第 1 期下半月刊

灵岩寺遇雨

裴祯祥

我对菩萨说：请收留我吧，让我避避
这说来就来的雨
菩萨说：我也是投身于自然，结成了泥土的胎
我想渡到对岸去，江水也不会手下留情
施主，你要做你自己的伞，你要做你
自己的船。如果需要埋葬花朵，你就做你
自己的流水，如果需要斩断情丝
你就做你自己的刀。
菩萨顿了顿，然后说：你要知道
只有你手中拥有刀，你才有能力让自己
放下刀

选自《延河》2020 年第 3 期

雨天

伽蓝

树林安静。我弹奏全世界的露水
沙棘的刺是一个泛音
野罂粟，柔板。蓟草上升起了华彩
每一步都溅起叹词

在下山之前，桦树的叶子
闪着光。野草举起火焰般的喊叫
苔藓装饰低音
美，到达了缓缓运动的骨骼

生命真实，万物共用一个身体
夏天在眼睑上
秋天拱起明亮的门廊
此时的我，走在二者之间

选自《北京文学》2020 年第 4 期

攥住

漆宇勤

将一切可以接近的物品付诸舌头与味蕾
抱着我短发的头，发出兴奋的咿呀
百日的婴孩第一次表现出犹疑
她不知道该用力拍打，还是该浅尝辄止

对她的到来已做出足够的准备
小摇篮，叮当作响的软壳塑料玩具……
可即使第二次被称为父亲
对于这关涉生命秘密的爱依旧有些手足无措

如小小的猫科动物，抓住我的手那么用力
安睡和笑闹，也只认相同的臂弯
拥挤的电梯里错抓了别人的衣袖便号啕大哭
她决不承认自己只是想在陌生的人间攥住点儿什么

选自《诗刊》2019 年第 12 期上半月刊

余生只想用来种树

钱万成

从小，生活在大山里
与树为邻，离开故乡
踏上仕途，一路走来
却总觉得孤单，无枝可依
六十了，余生有限
只想用来种树

种一棵树等于结交一位挚友
种一片树等于建造一座家园
树，不计较也不会背叛
风雨来临，更不会逃避
它会用生命为你撑一把大伞

有树，就会有鸟
有鸟，余生就不会寂寞
至于开不开花，结不结果
都不重要，有树
世界就会多一片阴凉

它会陪你一直到老
当你的肉体回归泥土

它会为你的灵魂

找一处可栖的枝丫

即使有一天它突然先你倒下

它也会把生命奉献给你

长成大树，会为你

做一副棺椁，长不成大树

也会变成干柴，为

你的冬天取暖

选自《作家》2020 年第 6 期

"活体"印刷

曲有源

那古都的中轴
是线装的书脊
一部历史

之所以厚重

是因为一代又一代
都用自己的身子
参与"活体"印刷

　　　　选自《作家》2019 年第 12 期

冬天怎么不下雪了

人邻

所居之地，虽然是高寒的西北
雪，也越来越少了
想念小时候，二尺厚的大雪
随着冬天翩然而降

现在——据说用不了多久
就再也不会下雪了
雪，人们已经忘了，只是传说
这个世界上还曾经有过大雪

冬天，是下雪的季节
不下雪的冬天，怎么会是冬天
那应时应运的大雪啊
雪不落下，怎么会是桑麻人间

选自《芒种》2020 年第 2 期

我相信有那么一些时刻

任白

我相信有那么一些时候

老天纵容一群恶犬

来撕咬你的忠诚

你的泡在药水里的冬日之诗

你的寂寥透明的吟咏

没有人让你扼守

死亡蜂拥的城门

那些绿色的舌头

腐败的疯狂的手指

瘟疫般难以阻止的溃败

都像命运一样尊贵

像死亡一样不容置疑

但是你的倔强在水中开花

天阶上闪亮的水晶扶手

在孤寒中低语

那么多星星死在黎明

那么多曙光抱走了战死者的骸骨

选自《海燕》2019 年第 9 期

唱片

冉冉

鸟在我影子上停了片刻
像一枚唱针转动我的唱片

大片鸟鸣中　我听到了
寂静　那是我的高腔和花腔
我的独唱与合唱

被拉弯的咏叹调
仲夏般肥美的和声
我还是习惯念白　用饱经炎凉的嘴唇
念
把圆念到缺　把空念到虚

经久不息我的停顿
多么羞愧　我曾划伤大地
就像一枚折断的唱针

　　　　选自《诗潮》2020 年第 5 期

暴雨

苏历铭

硕大的雨滴击打窗台的声音
像医生的铁钳，在口中
寻找残缺的蛀牙
风一阵紧过一阵
拍响玻璃窗

懒得起身察看窗子是否关严
暴雨顶多是一只豹子
从空中扑到地上
人世间不缺少愤怒
暴雨的愤怒冲不走内心
深藏的悲苦

突如其来的雨
无非惊扰熟睡的我
它肆无忌惮地击落树冠上的叶子
却伤害不到人类
我有十二对肋骨，任意抽出一条
都能变成巨大的伞

此起彼伏的暴雨

逼迫我滞留异乡

其实我并不急于赶路

任凭雨下个不停

何事慌张，不过是再一次

把异乡当作故乡

把余生泡成

一壶茶

选自《诗刊》2020 年第 4 期上半月刊

明月

黍不语

从单薄的窗子，明月

又探进来

我知道她又将取走我

一个白天

或夜晚的梦

而将整个星空的辽阔与安宁留给我

我接过她的恩赐像约翰接过圣母玛利亚

我让她进入我的身体，直至变成我的身体

我在十月来到这个世界上

已经被最好的人爱过

现在我等候降落和唯一

我是我的明月

在光明之后，永远消失的明月

我希望永不被人提起

即使有，我希望是：她一生独行，冷僻

带着天生完美的距离

选自《诗刊》2019 年第 12 期上半月刊

秋：在杨郎

单永珍

翻过秦长城，就是杨郎
一边灯火通明
一边静得如一本闲置的古书

两个古旧得有点发霉的匠人
各自端着一杯酒
一口，半杯下去
再一口，似乎把月光
连同半杯残酒
一气咽下

两个手艺过时的匠人
相互看了一眼，继续斟满
好像把半辈子
要说的话
压在杯底

秦长城西侧，糜子黄了
风把糜子吹得金黄金黄
风把酿酒的缸，吹得呜呜发响
两个匠人，在月光下

深一脚

浅一脚

测量回家的路程

选自《诗刊》2020年第3期上半月刊

走在莫斯科郊外

施施然

漫步在莫斯科郊外

笔直的白桦树林将一条

切开大片绿野的细长公路

送向远方。偶有几辆伏尔加

轰鸣着冲破这个傍晚的凝重

风停了。野花停止了摇摆

晚霞透过树荫

将沼泽渗出的一小块清水

铺了一层胭脂，像她此时的心情

她走着，拿一本《阿赫玛托娃文集》

心头回旋着这些年写下的诗

和爱过的人

她走在昔日的硝烟里

脸上不再有痛苦。那些

尚不曾丢失的记忆，有一些

犹如身体里的结石与她和平相处

她已来到暮年

现在，她走着，向上用力

裹了裹宝蓝色流苏披肩

身后的小路刚落过雨

泥土松软，草叶聚集着最后的夕光

选自《作家》2020 年第 5 期

利兹的雨

师力斌

一再下，一再不是
湿季的北京

窗外陡坡
一再溅起异国车轮声

打伞的行人偶尔走过
仿佛时光派来的寂寞演员

阴云正笼罩欧式小楼，和远处
田野上的教堂尖顶

肉身在此，却四散
刷牙时突然想到病中的父亲
他老米耳聋，让找觉得
根根雨线都是电话线

我听不见他的叹息
他听不见我的祈祷

选自《诗刊》2020 年第 5 期下半月刊

时间之镜

苏笑嫣

我的房间里有很多镜子　各式各样的镜子
书架里红色塑料镜框那把　是十岁的
写字台上的金属小圆镜　是十八岁的
化妆包里的青花瓷方镜　是二十一岁的
地板上立着的木头穿衣镜　是二十五岁的
二十六岁　我在床头放了一把带灯的夜视镜
二十七岁　我拥有了一张梳妆台
和梳妆台上的鸡翅木雕花圆镜

每当我的容貌有了明显可见的变化
我就多了一把镜子　流动的银色的镜子
水银一样的镜子
它们有时空着　就像一个平平无奇的相框
有时十岁的我在镜中探探头　梳着两只羊角辫
有时十八岁的我瞪大了双眼在镜中描摹
描摹又擦掉　她在学习化妆
有时二十五岁的我扭过身去　看看新买的西装
每一面镜子都带给我不同的新貌

大多时候　我并不去看这些镜子
房间里有太多镜子是可怖的　但很明显

它们来得越来越快也越来越多

十岁女孩的眼睛永远是明亮亮的

十八岁女孩的发色总是在变　也总是

那么欣喜和愉悦

有些时候　镜子里的人也在难过也在哭泣

但在她们的故事里　我总归是比较年轻

她们并不互相交流　也不曾与我对话

她们只是活在她们的世界里正在做她们

在镜前做着的事——这已足够让我心烦意乱

有些故事因为太欢快我不愿去回忆

有些故事因为太痛苦我不愿去想起

但我无法与她们分手只能容忍她们飘来荡去

否则我将无法成为这世上的任何一个谁

在忙碌的白天我还可以无视她们

但在夜的黑暗中　她们晶莹地反光　熠熠生辉

——我年轻的时候也太亮了

为了与她们匹敌　我试着再度充满渴望

直到我的脸上出现一道燃烧过的灰烬

就连泪水也已经不会重新洗亮双眼

而是打磨出一张僵硬的脸

——时间

选自《广西文学》2019 年第 5 期

使用

舒丹丹

神使用一只小耗子，咬断教堂管风琴的皮带
是为了让那沮丧的老牧师
滋生新的灵感，创作一首无须伴奏
也能安慰千万人的诗

神使用一棵正在落叶的银杏树
或我们身体上一阵突如其来的乏与痛
原是为着提醒，冬天深了
劳碌的人们，身心的庭院也要时时勤扫拭

选自《芒种》2020 年第 3 期

做人

尚仲敏

如何做一个烟酒不沾之人

如何做一个谦谦君子

先生，我已恭候多时

你来的时候

西风正起

你那随从，皮肤白净，垂手而立

如何做一个饮茶之人

做一个爱运动之人

美人迟暮，大姐成群结队

鱼贯而入

如何做一个坐怀不乱之人

饮酒而又能不醉

先生读万古书

飞檐走壁，大盗天下

如何做一个玉树临风之人

做一个身轻如燕之人

先生，你接着说

我洗耳恭听

选自《作家》2020 年第 4 期

有的地方，只有诗歌能去

汤养宗

大车有大车的好，高速路有高速路的好
几千人同乘一辆车，你会说
更好。但是
有的地方只有自行车能去。车型
甚至不是时下城市里流行的共享单车
那里无法与人共享，生命的幽径
神仙也忘了它的僻静，一谈到
其他的时光其他的路标好像是不算数的
并有朝生暮死的去向不明
朋友啊，在那里我有一桩旧事等你来
你必须踩着单车，那里路窄
比如
诗歌那么瘦窄的身体，才恰好侧身而过

选自《人民文学》2019 年第 7 期

风寒术

童作焉

窗外是黑夜，屋子更黑一些。
比屋子更黑的，是一觉醒来
看到的窗外。雪加速下落
超过了树枝的重量。白昼因此被拉长。

我梦见鲫鱼从山里游出来。慈悲的船夫，
就在河里打捞白骨，数死去的亲人。
他养的狗追了我一路，我吓得满身大汗。
很快我就染上风寒，失去了对生活的基本辨识。

日子被装扮为一篇小说，敲门的人睡着在外面
我染上世界的疾苦，所有的造词为此哀伤。
这里的人不养六畜，不种稻谷或者土豆。
剩下唯一的灯光，在寒风里悲瑟发抖。

烤橘子可治风寒，某种圆叶的草也有功效。
我每天喝药，习惯七点打开新闻联播。
再老一些，我就穿上蓑衣下水打鱼。叫我的狗
多带一些人回来

选自《诗刊》2019 年第 12 期上半月刊

镜
——给我的孩子

唐晓渡

镜子挂在墙上

我们悬在镜中

毛茸茸的笑声把镜面擦了又擦

——"这是爸爸"

一根百合的手指探进明亮的虚空

一根百合的手指来自明亮的虚空

——"这是爸爸"

水银的笑声在心底镀了又镀

我们隐入墙内

镜子飞向空中

选自《诗潮》2020 年第 1 期

下雨天，人们都扛着伞

唐果

雨滴从伞沿滴落
像一道道栅栏，把扛伞的人
圈在伞里。伞内的人
缩着身体，低头行走

性感女神收拢她的性感
像鸟儿收起它的翅膀
猎艳的男人
像受伤的野兽，趴在洞口

鲜嫩的食材已躲进水滴
雨滴，清凉的洞穴
它能让稚嫩的小兽
感到暂时的安全

选自《特区文学》2020 年第 1 期

你看如何

唐力

把一匹马养在高跟鞋里，你看如何

把恶养在一把斧子里，或者

相反，把斧子养在恶里，你看如何

把痛苦养在伤口里，你看如何

把生的啼哭养在带血的脐带里，你看如何

天，天啊，把天养在空空的空里，你看如何

把时间养在皱纹的栅栏里，你看如何

把死亡养在墓碑里，你看如何

把墓碑养在身体里，一生跟随永不相离，你看如何

把泪养在眼里，把失明的大海

养在黎明的眼眶里，你看如何

选自《诗刊》2020 年第 4 期上半月刊

两种泪水

谈骁

孩子所有的泪水，
都流向他的母亲。

离开游乐场，搭车去学校，走路跌了一跤，
他哭上几声，就喊起了"妈妈"；
有时候睡在母亲怀里，
醒过来，喊的也是"妈妈"。

只有母亲能擦去他的泪水。

有一天他不再哭了，不是悲伤
已被抑制，不是母亲的手已经缩回。
他有新鲜的痛苦，
泪水稀释不了，呼号也无济于事。

母亲仍在那里，仍在从嘈杂中
分辨那熟悉的一声。她已做不了更多，
只有满怀爱意的茫然，爱而无力的泪水。

选自《十月》2020 年第 3 期

没有婚约的结束最不愿占有

童蔚

没有婚姻的结束，依然留存珍重
没有婚约的结束，无须他人理解
没有离异的结束，弥漫烟火气

在大街小巷继续行走

他仍然在夏天
她仍然在秋天
没有婚约的结束，最不愿占有

只希望她站起来与所有的男人同桌

我希望她的眼眸只为你睁开
我希望用一根金丝线
缠绕六芒星的金锁

我希望，我的孩子和希望结婚

没有希望的结束，只是很小的爱
只是一小勺冰激凌的爱
爱，"温暖的"

只是头发散开的爱

没有婚约的蝴蝶，飞来飞去
没有爱的蜜蜂，循环往复
没有美的誓约，飞去又飞回

没有实现的诺言，让自由伤心

选自《十月》2020 年第 3 期

怎样的苍凉如水，怎样的明月我心

吴小虫

硬着头皮走了三十三里后
接下来，还要硬着头皮走

午夜始照见，美德如此缺乏
（美德只能缺乏）照耀

像羞耻被荡开又收拢，终究
浓得化不开的词语

人生坐上了蹦蹦车
有时千万不能想太多

我意识到了过往日子的徒劳
微微在额头沁出汗水

选自《诗刊》2019年第10期下半月刊

母骆驼的爱

王夫刚

葬仪结束时，有人当着母骆驼的面

杀死了它的孩子——为了明年

在万马踏平的草原上

在草原上新长出的青草中

寻找用于祭祀的葬身之处——

啊，只有悲伤的母骆驼

能循着孩子的血腥气息

找到这里，母骆驼死后

恒久的葬身之处将消失得无影无踪

八白帐里，灵魂是唯一的主人

选自《诗刊》2020 年第 1 期上半月刊

线狮

汪剑钊

狮子在提线上走，
那来自莽原的野性依然存在。
什么样的神秘的力量
驱动着四蹄？奔跑，追扑，蹲卧，
摆动硕大的脑袋，
把快乐送给人民，将力量输入贫血的城市，
时而刚猛，时而温柔，
在腾挪中演示生命的辉煌。
敲锣与擂鼓，叩击麻木的人心，
一个新的世界正在诞生。

戛然而止，甚至连谢幕都省略，
线狮的飞翔是艺人的创造，
让斯芬克司陷入沉思，
掌声与欢呼仿佛与它们无关，
在后台，年轻的驯狮者擦拭滚动的汗水，
露出羞涩的笑容，
映衬着肩膀上轻微颤动的肌腱。
哦，狮子就是狮子，永葆

王者的雄风，哪怕沦落于市井小巷，

哪怕已成为木偶，

哪怕只是在提线上行走。

选自《诗潮》2019 年第 12 期

微微发烫

武强华

天空的蓝

微微发烫

路边清洁工的橘黄色衣服

和交警身上的荧光绿

微微发烫

雾霾散去，坐公交去三联书店

一路上，盯着这些明亮的事物

我的眼睛也感到

微微发烫

"畅饮这些光"

书店里，黑色封面上的斯奈德老头

像上帝一样

轻轻地说

选自《星星》2020 年第 3 期

雪花

王家新

又一个无雪的冬天。

早上起来，窗外竟飘起了雪花！

我从五楼上探头往下看，

雪花在灰暗地面上旋舞，

像是一些小精灵！

我套上衣服，几乎是狂喜地

奔下楼道，待出楼时，

什么也没有了。

我是一个盲人，

我什么也看不见。

但有时我会感到有什么打在我的睫毛上。

我知道那是雪花。

我愿那是雪花。

我的黑暗世界里旋转的几片雪花。

选自《诗刊》2019 年第 7 期上半月刊

立秋记

温青

一个人的秋天
必有一些事物抛开籽粒
在大地之上
又一次看魂魄离去
季节在行走中如此惆怅
它弯腰低头的样子
是一抹浮云即将落地

辽阔的时候
所有的飞翔都不知高低
逼仄的时候
所有的绿色都通晓枯萎

走向下一季的人
把路过的景色裁剪为风衣
或任由落叶包裹
继续在人间隐藏自己

选自《人民文学》2019 年第 12 期

和诗人恋爱

巫昂

和诗人恋爱

就像一个词遇到另一个

温度合宜的词平静相处

激烈冲撞的词撕毁彼此

请尽量不要和诗人恋爱

除非你带了足够的句子

有病菌的

干净极了的

两个诗人坐在一起

就像面对无瑕的镜子

模仿对方微笑、害羞

喂给对方一杯水和葡萄

在室内光线足够的情况下

一次又一次观赏他透明的心脏

赶在死神光临之前

为这无情的爱

写一首悼词

选自《滇池》2020 年第 2 期

不认识的就不想再认识了

王小妮

到今天还不认识的人
就远远地敬着他。
三十年中
我的朋友和敌人都足够了。

行人一缕缕地经过
揣着简单明白的感情。
向东向西，他们都是无辜。

我要留出我的今后
以我的方式专心地去爱他们。

谁也不注视我。
行人不会看一眼我的表情。

望着四面八方。
他们生来就是单独的一个
注定向东向西走。

一个人掏出自己的心扔进人群
实在太真实太幼稚。

从今以后

崇高的容器都空着。

比如我

比如我荡来荡去的

后一半生命。

选自《诗潮》2019 年第 10 期

首日的暮晚

吴少东

夕光被人群挤散，我从闹市归来
河边的木椅空置着，红漆斑驳
我坐一端，空出另一端
并不期待突然的出现者与我
同坐一起。我只想空着
像我空着的这许多年

斜坡后沿河路传来汽车轰鸣
像这新年第一日的背景
我明白这尘世的辽阔
而此时，鸟鸣急切
暮云像解冻的冰面。我沉湎
这隐喻的瞬间

槐树叶子已落干净了
轻细的枝条得以指向高空
水流迟缓，不在意两岸
身无牵挂的时光多好啊！
钟声与夜色忽来
我起身走向家园

选自《安徽文学》2020 年第 5 期

栾树花

吴素贞

地面的花朵更像灯笼

里面有不灭的烛火。在树冠顶部的时候

它们被供在高处。有时

你看着它们像在修习，不断试飞

残红褪去后，花朵

包裹着一粒粒小籽投向地面

走在林荫道上，某种梵语般的节奏

你惊讶于此时的重力

从高处滑过的流线。愈来愈响

——直至，突然寂静无声

（只有枯叶内部的筋脉悄然断裂）

向死而生，有时因为过于汹涌

而冲破事物隐秘的界限

你恰巧遇见，并思索深邃处独有的启示

选自《诗刊》2019 年第 12 期上半月刊

山中笔记

西渡

曲折的溪水如你的心意，

泄出山的胸怀。

山的秘密不怕更多的鸟宣扬，

水的秘密是说得越多，越善守。

孩子们不需要秘密，他们用渔网捕鱼时，

从网眼中逃逸的是水的秘密。

你脱下凉鞋，用赤裸的双脚

亲近水的时候，你的心间就溢满山水的秘密。

你用双手掬起一捧水，你在水中

看见另一人的影子，

那是你和他的秘密

只适合对山水诉说。当你独自在山中

走进一枚霜红的柿子，甜就是你我今夜的秘密。

选自《诗刊》2019 年第 10 期上半月刊

你要写一首诗给我

小西

你要写一首诗给我
长短随意
措辞大胆和小心都可
内容和形式，亦不受限
唯一要求，请使用真心
拒绝假意

你要写一首诗给我
在垂垂暮年
积雪压垮了屋顶
豹子也失去了奔跑的决心
当亲人念完悼词
木匠拿起锤子
砸向棺木的最后一颗钉子
会传来你轻声地吟诵——
致亲爱的，小西
……

选自《星星》2019 年第 11 期

是自己对自己大动干戈的时候了

小红北

自己和自己过不去的时候

我会为一个不清不白的春梦懊悔多日

但我不会坐以待毙，我愿如一片海

自己从自己里跳出来

在浪尖上追捕一个燃烧的吻

我会为一个曾经爱过的人

在自己虚构的江山里打打杀杀

直到半生耗尽仍不放弃

我会用自己的下半生布一个

十面埋伏的阵

恭候自己的上半生放马过来

碰到小时候就看着不顺眼的人

用心良苦地前来劝慰，我仍将

拒绝做出任何改变

我会在自己快要定型的命运线里

一丝丝抽出新的觉悟

那些放不下的交情，我会把它们

一节节地装入自己的骨头，随时准备

吱呀作响地杀进下一个战场

或者，我会把自己的软弱磨成一把刀

让所有爱我的人，闪闪发光地

活在它弯下去的脊背上

选自《作家》2019 年第 7 期

喜鹊的新年

雪舟

我必须记下这只绅士气质的
喜鹊，它栖于李子树枝
晃动的允诺，向窗口回望
女儿的发现，围坐于傍晚
新年丰盛的桌前。我们的说笑声
吸引了它。它矫健的身姿
来自哪里？这冬日大地的赐予
来到我们中间，没有啼叫声
它是记忆里沉默的另一只吗？
女儿舀起，一汤匙金灿灿的米粒
说它应该更喜欢这晶莹的金黄
而在我早岁的世事里，喜鹊的
身影是孤单的，它穿梭于河湾
枯寂的杨树林，发出啼鸣
身姿因瘦弱而轻盈，携带着
贫寒的沉默与飞翔的不安
我不会遗忘鸟的眼睛，这
大地轮回的黑白和哀歌
我不想我的后代去吟唱

选自《诗刊》2019 年第 10 期下半月刊

惊蛰

谢克强

一声惊雷之后
像蛰伏地层深处的蚯蚓
从解冻的地里醒来
那些蛰伏思想深处的词
也纷纷睁开眼睛

最先醒来的是动词
它一醒来　忙催促无声的雨
唤醒竹筐蛰伏一冬的梦的种子
追着犁铧翻起的泥浪
落进梦里

不甘落后的形容词
一睁开眼睛　就站在枝头
挥动比春风还急的手势
不是绽开一缕鹅黄　就是
摇曳一片新绿

名词也稳不住了
趁还没有人注意它
伸手抓住惊雷之后的闪电

为一个刚刚醒来的季节

庄严命名

我唯一要做的事

就是将这些醒来的词

让它们在稿纸的空白处

找个适合自己的位置

排成一行行诗

选自《草堂》2020 年第 1 期

白砂糖，黑芝麻

熊曼

想你的时候，我就卷起袖子

开始和面。像你一样

把白砂糖倒进黑芝麻里

让糖的甜渗进芝麻的香

包子做好后需要放一放

等待它一点点松软，鼓胀起来

再放进蒸屉

像一个人的思念

从干瘪到饱满的过程

水开始沸腾时

我就站在云里雾里

想你当年也是这样

双腿酸胀目光安宁

你一会看看蒸笼

一会看看堂屋

那里有三副无辜的稚喉

喜欢跟在你身后

巴巴地喊奶奶

屋外香樟树上

一只蝉声嘶力竭地叫着

无人知道那是它最后的夏天

选自《作品》2020 年第 2 期下半月刊

思过

徐晓

直面自己的无能和与之而来的失败
是一件残忍的事情
真理被无数张嘴嚼碎,变异成怪物
口水在没有硝烟的战场上四溅横飞
录音笔、照相机、讲话筒
无情地复制你的窘态
苍蝇直冲入杯中
作为审判官的吊灯在天花板望着你

生而为人你感到羞惭,天生拥有
口拙的技艺,该向所有人道歉
无人时你对着空气思过,并感恩上苍
赐予你遗忘这一最大的美德
它令你深谙在失败中汲取快乐的门道

选自《诗刊》2019 年第 12 期上半月刊

夜晚的羞愧

熊焱

夜那么长，像一道深渊
我写下一粒粒文字，是为了倾听
从里面传来回音

如果笔力没有穿透纸背，我就会感到羞愧
那是因为我的孤独还不够深

如果从长夜的井底掘出的只是泉水
而不是光明，我也会感到羞愧
因为我已不再年轻，却一再辜负良辰

选自《人民文学》2020 年第 2 期

却不是我

徐敬亚

最早赶到的风，用力抽动着鼻子
第一缕腥味带着大地颠覆狂笑
那，却不是我

逃走的姿势，被头上的力量凝固
第一个断骨者断了气
那，却不是我

憋在黑暗中，喝着尿水
第一天降生的人，大哭一声然后死去
那，却不是我

俯身弯曲的眼泪，移动着破碎的山
把第一只手从指甲缝里抽出
那，却不是我

选自《诗林》2020 年第 2 期

一生

夏午

一颗樱桃喂不饱她。

几株开花的植物总在五月消耗着她。

在河边，两个翅膀总是不够用，

她为此每天早起修筑堤岸，给爱飞行的人。

听说白天和夜晚，分属两个平行的世界。

她为此试图打造一个白天的自己

和一个只属于夜晚的自己。

但是母亲第一个跳起来，表示强烈反对。

她决定练习做一株樱桃树：

花有短暂的美，果有恒久的甜。

她曾度过樱桃花的一生。

她曾度过樱桃的一生。

如果这练习注定以失败告终，

那么，就原谅自己度过了糟糕的一生。

选自《星星》2020年第5期

伏特加母亲

小海

一个德国电视主持人
讲她 15 年前遇到的一位女士
那时她刚好 16 岁
那位叫罗宾森的女士
已经超过 50 岁了
在咖啡馆穿惹人注目的短裙
特别喜欢和年轻人混在一起
风情万种地勾引小伙子们
只要她来了
大家都会说
她以为自己还是 20 岁
穿成这样还敢出门

主持人说，现在
她喜欢把葡萄酒放在一边
点上一杯伏特加不加冰
为了纪念她的母亲罗宾森女士
而身旁 16 岁的年轻人
会不会觉得自己是个怪人

选自《作家》2019 年第 10 期

去向

秀枝

今夜，雨水结束与乌云的纠葛
扑向大地，青杏战栗着走完了一生

今夜江河浑浊，却依然不停止向前奔涌
植物摇摇欲坠，根部却依然无声向下深入

今夜，牧羊人在灯下拧干湿漉漉的衣裳
心中植下一片绿油油的青草
耳鬓厮磨的人，在喧哗声里却不算计明天

今夜路人依稀，有人或已拥有明亮的灯盏
有人或已抵达目的地

今夜，故乡的天空仍未传来消息
而辽阔的大草原上，我爱的人已经离开
我却抱守一片空荡荡的草原哭泣

　　选自《作家》2019 年第 12 期

早醒记

杨角

应该给早晨换个名字了
微风轻送，也可以
把太阳叫作无人敲响的铜钟

地球又一次在薄雾中醒来
像大西南的某个寨子
几个早行人出门遇见了脚步声

这是我喜欢的寨子
刚被金黄的颜色连夜装修过
有人叫它人间
也可以继续叫它乡村

一生节俭，自从母亲走后
我把每次醒来都视作赚来的

再节俭也该给早晨换个名字了
参照鸟鸣、旭日
参照人类古老的感恩

选自《诗刊》2020 年第 5 期下半月

与东湖对话

叶延滨

在一条叫作长江的大佬旁守候

大江倾泻了多少激情，你如此安详？

东湖不语，一片叶子落在湖面

叶子也不语

千万朵彩云在你面前梳妆然后飘走

难道没一朵留在你心底，你如此淡然？

东湖不语，一丝微风摇动湖水

晃去我的影子

无数的星光在你头顶的苍穹闪烁

岁月告诉了你多少秘密，你为何健忘？

东湖不语，湖畔楼群灯如蜂群

在我耳畔嗡鸣

选自《芒种》2020 年第 3 期

图雅的石头

杨森君

选石头的魅力在于
一个假装爱石头的人
挑着挑着，就有了眼光
挑着挑着，就真的爱上了石头

石头的持有者，是一位中学女教师
她已退休。还未结婚的时候
这个叫图雅的蒙古族女教师
就开始在银根苏木、乌力吉、查干扎德盖
跟着男人捡石头

她对黄碧玉情有独钟
玛瑙也只喜欢干净的
要么纯红，要么纯白
她不认可"玉不琢，不成器"之说
不伤石
才是爱石

她让自己的儿子
把整箱整箱的石头搬出来
让我们挑选

不能说她已经不爱这些石头了

她有变现之需

不得不忍痛割爱

我能体谅她

在石头成交之前

她揣摩着我们的心思

我们也揣摩着她的心思

      选自《诗刊》2020 年第 5 期上半月刊

邻座的孩子

育邦

麻醉剂开辟的绿洲无边无际

废墟上开满了邪恶的花朵

我们手捧污秽的水

供奉着雪

我们吞食黑暗

饲养着死亡

投身于漫漫长夜

这永恒的事业

哦，邻座的孩子偷听到大人们制作橡皮泥的配方

如果我死了

请把死亡的权柄转移到他的手中

在飞升的风雪中

为他加冕

世界也会慷慨地

给他七天时间

选自《花城》2020年第2期

雪中的捷克斯洛伐克驻哈尔滨总领事馆

杨河山

吉林街 52 号，一大堆灰色石头。

一座废墟。天下着大雪，

雪映照着破败的玻璃窗发出炫目的反光。

阳台已经塌陷，墙上的很多窟窿，

有裂缝的墙壁和窗户，

这个冬天最冷的寒风闯入发出嗖嗖嗖的声音。

门前的台阶上覆满了雪，

一辆卡车停在院里，车厢里全是雪，

好像装载着上个世纪

运往捷克斯洛伐克国家银行的白银。

微微泛着金黄色底漆的

斑驳墙壁，显示以往的精湛，

令人想起伟大诗人雅罗斯拉夫·塞弗尔特。

没有灯光，走廊更加黑暗，

铁艺楼梯，通向某个未知的房间。

嘎吱一声，铁皮门包裹着的

布帘子打开了，鬼魂四处游荡，

一些不是捷克斯洛伐克的人

从里面像蝴蝶飘出来，他们耷拉着粉红色的舌头。

选自《诗林》2020 年第 4 期

这双眼

严力

文学和江湖都证明它
直通心灵
所以我迷恋这双眼

我不需要
它们长在谁的脸上或
直通哪个有名有姓的心跳

我迷恋它们不断交融的谱系
秋波和窥视
毒素和维他命
从 A 到 Z 的撞击

我迷恋它只要眨动几滴泪花
就能代言五湖四海的动词
迷恋它的视觉可以到处悬挂风景
更迷恋内部的导航系统和
不打转弯灯的飞驰而过
迷恋它们微微地闭上之后
透出宇宙星光的两条直线

选自《诗潮》2020 年第 2 期

题山中一棵枯树

姚风

我不再生长
但也不再退却

我已经有了足够的高度
高过仍在山坡上挣扎的灌木
高过被秋风吹进泥土里的果实

我以质朴的赤裸拥有了天空
甚至宇宙
哪怕失去了所有的飞鸟

远处是大海
这巨大的眼泪加工厂
并不知道我的存在

我要做的，是拥抱雷雨
我要积聚腐朽的力量
拒绝去做一张床，或者一把椅子

选自《扬子江诗刊》2020 年第 2 期

转山

伊有喜

转山的人中　我依次看见我的爷爷
我的弟弟　我的父母、丈人和娘舅

在八角街或者布达拉宫的环路上
我不止一次看到过他们回望的眼神

他们走得茫然而坚定、不悲也不喜
在某个角落　他们的背影渐次消失

我坐下来　从转山的人流中出来
像一块走不动的石头或者一棵树

我坐下来　等一团白云慢慢飘过
高高的布达拉宫

选自《西藏文学》2020 年第 3 期

遇见

亚楠

不用说，风肯定是
橘黄色的
叶子透着柔光，仿佛一次洗礼
被水印的纱帘披阅

过去也是
这样。聚集在苇丛里——
野公鸭咻咻地叫
旋即打着喷嚏
母鸭们潜伏在百米开外
建筑巢穴
正为即将到来的春天

做好铺垫。芦苇
晃悠悠，在橘黄色的风中
她的爱比命金贵

选自《鸭绿江》2020年第3期

妈妈

尹丽川

十三岁时我问

你为什么活着？看你上大学

我上了大学，妈妈

你又为什么活着？你的双眼还睁着

我们很久没有说过话。一个女人

怎么会是另一个女人的

妈妈。带着相似的身体

我该做你没做的事吗，妈妈

你曾那么美丽，直到生下了我

自从我认识你，你不再风情万种

为了另一个女人

这样做值得吗

你成了个空虚的老太太

一把废弃的扇。什么能证明

是你生出了我，妈妈。

当我在回家的路上瞥见

一个老年妇女提着菜篮的背影

妈妈，还有谁比你更陌生

选自《青春》2019 年第 12 期

从雨中看缺陷

颜梅玖

一整天，我都受困于一个词："缺陷"

我断定我是有缺陷的

有缺陷的东西都需要被满足，也容易顺从

比如此刻，雨正在施展着它的技艺

它热情而冷漠，极有耐心地填充着

泥坑，陈旧的瓦罐，空空的豆荚

松鼠的脚印，以及所有干瘪的，被毁坏的

上天赐予我们雨

任由它经过万物，或者说

在某一时刻，让一切都恰到好处

雨唱着歌，经过一个又一个缺陷

无花果树干枯的叶子又鲜亮起来

像多年前我戴过的耳饰

明亮，润泽，丰盈

我迎着雨走着，浑身湿漉漉的

雨下在了我空虚的灵魂里

我忘记了我在悲伤

我渴望待在雨中，直到它拥有了我的记忆

选自《福建文学》2020 年第 2 期

高度

余笑忠

小时候，有个表哥爱捉弄人
他拿粉笔，在尽其所能的高处
写下我的名字，再写上"坏蛋"二字
而我无法涂掉它
作为报复，我也写上他的名字和"坏蛋"
不过他轻而易举地涂掉了自己的名字
再换上我的名字
我只有在他走了之后
才能爬上梯子，享有占领制高点的快乐
在"坏蛋"之前，面壁写上他的名字

我的朋友在他的办公室高挂一块白板
每天在那里粘上一张纸
每天他得仰起脖子，手也尽其所能地抬高
他自嘲如此苦修为了治疗颈椎病
他以毛笔，中楷手书《心经》
在他的名字之后，他写下"沐手"
一个每天都在用敬语的人
我怎能不高看他一眼

选自《安徽文学》2020年第4期

会计思维

荫丽娟

就算爱情，也需要反复算计——
热恋中，我曾同一只月亮
讨价还价：用全部的爱换取它
硕大、新鲜、明亮，永不被磨损。

我还要用一生的时间
做出一笔糊涂账
算不清你，也厘不清我。
你给过的小小伤痛，让我一再地
记错，它们最好能失之分毫，差之千里。

这些还不够
我还要加速提取，一起走过的白天与黑夜
欢乐与悲伤。
如果还有什么是今生无法跨过的
就用红字记账法，一笔冲销吧！
多好啊，明月还是当初的明月

你还是当初的你。

一本陈年旧账就这样，缓慢生成了——

不过得多年后，我们用满头霜雪

照耀，才能看得清楚……

选自《诗刊》2019 年第 10 期下半月刊

雨滴穿过脊背

周卫民

雨天，沿任何一条线行走
都有水滴自高空直下
让后背突显凉意

屋檐下、林荫道
暗藏无数发射点
有些虚晃一招，打在无关紧要处
荡漾成一片水花

千万滴中
总有一粒，挟带杀伤力
冰寒入骨，准确击入穴位
以一枚钢针的尖利
让我对悬在高处的水滴
保持终身警惕

选自《诗刊》2019 年第 12 期上半月刊

一团迷雾

张执浩

朋友发来大雾图

他不知道我尚在雾中

很多年了

我们只有面对面的能见度

甚至当我面对

那张挂满凝霜的脸

竟一次次误以为那不是我

不是那个踩着覆满小路的松针

在迷雾里打转的人

太阳在雾外冷眼旁观

那是我见过的

最红的太阳

烙铁一样不可描述

选自《安徽文学》2020 年第 5 期

一个人太少了

张二棍

我不能给所有的药，提供一场大病

我不能给所有的牢笼，指认自己的罪名

世界伤口无数，我只能选择一个，去溃烂

撒盐的时候到了，我孤零零的伤口

绝不够堆放。一个人太少了

我只能是桑，是槐

被别人指着、骂着的时候

我不能认同，不能点赞

不能既指向自己，又骂向自己

选自《时代文学》2020 年第 2 期

羊羔

周瑟瑟

老牧民
养了四百只羊
他能叫出
两百只羊的名字
春天来了
几百只小羊羔
日落时分回到家
它们不知谁是自己的妈妈
老牧民拎起其中一只
给它找到妈妈
我没有见到这个老牧民
我也是一只回到家
找不到妈妈的羊羔
老牧民
你一定要拎起我
把我放在妈妈怀里

选自《草原》2019 年第 12 期

母亲与苦楝树

周瓒

苦楝树淡紫色的笑
自密集的叶丛中满满地涌出

带着心满意足的绿，她注视生活
我的母亲是一个苦楝树支点

放学回家的路上我能远远地看到
无论晴天或雨中，她的身体吸满能量

她谈笑中突然流露的怒气带着一丝咸涩
无论如何，苦楝树液是有毒的

或许如此，啄木鸟没有在她身上敲打过
但她的花簇会有蜜蜂光顾

披着透明的大氅，蜜蜂是夏天的勇士
剑术出神入化，背着金黄条纹的炸弹

绽放的花朵就是被炸开的弹坑，如此说来
苦楝树就像战争中被摧毁的村庄

我母亲的午睡就如被炸翻的瓦屋
她翻身时竹床吱嘎作响，哦，叹息的苦楝树

从排水漕里流淌过的天水
也许摸到过苦楝树根

希望总是藏得很深，被现实的风箱抽出
灶膛里火焰噼啪，沤开苦楝树枝叶的苦香

选自《十月》2020 年第 3 期

针孔里的远方

郑小琼

针孔里显示灰色的月亮、集市、街道
祠堂旁嬉戏的孩童，小贩推着三轮车
穿越荔枝林与寒溪铁桥，一小片菜地
尚未开发的溪流与树林，世界诸多
奇妙的命运在此相逢，它们短暂停驻
交谈、忧伤，又各自奔赴远方
我从一枚螺丝、一张订单上感受万物
如此紧密的联系，却又彼此孤立
没有谁会在意深夜女工的疲惫、孤独
失业的恐慌，我从机台取下缤纷的玩具
艳丽的布匹、锃亮的铁片，这些明亮的
无法安慰我悲伤的内心，跟随货柜车
走向遥远的陌生人，穿越针孔样的
生活之门，小小的卡座，来不及开始
便分别的爱情，明月样的孤独、乡愁
异乡的迷茫，有时订单和机台会向我
谈论远方陌生的世界，像在四川乡下
他们谈论广东的工厂、风景、大海
我倾听却不心动，唯有停止工作的针孔
带来一片小小的安静，让我欢欣

选自《诗刊》2019 年第 7 期上半月刊

光明

臧海英

光明还是出现了。在我背阴的房间
今天早上。当我抬眼看见
对面丽枫酒店的玻璃幕墙上
一个太阳在闪耀。虽然是个小型的
一束真实的阳光，经由它
反射进来。我就相信了
我匮乏的生活，光明没有缺席
只是转了一个弯，奇迹般地
照在我身上

选自《诗刊》2020年第6期上半月刊

读《纸蝴蝶》

周所同

爱是一只翅膀，美是另一只翅膀
干净的羽毛与飞翔的方向一致
清澈的流泉，内心的微澜
与游鱼、水草、卵石的呼吸一致
不带猎枪，只穿粗布印花衣裳
与敢去老虎、豹子出没的地方一致
事物的意义有时直接有时曲折
哲学的盐草木的咸与精神的来历一致
安静适宜冥想，神秘暗含玄机
突然哗变的玻璃与完美的丝绸一致

选自《芒种》2020 年第 4 期

猎豹简史

臧棣

将一只豹子关进笼子，
开始卖票。结局可以有很多，
但你只对其中的一个
感到紧张：豹子不再是豹子；

而假如实施者确实是你，
你又无法否认，你也就不再是你。
栅栏后面，豹子失去的东西，
也是你注定会失去的东西。

甚至你失去的，只会更多。
假如豹子失去的是自由，
你失去的，肯定要多于自由。
除了幽灵，还会有人在乎你是谁吗？

同样，将一只豹子关入语言，
就像里尔克做过的那样——
语言也不再是语言；那想象中的铁笼
也不再是牢笼，更像是实验室。

阳光会定时斜射进来，
而你不一定就置身在栏杆外面。
只剩下一个角色：你的心神
全都贯注在我们中是否还有人

能从豹子的化身中分离出来：
就如同奥登碎嘴感叹的那样——
那么做，肯定受到了精神上的暗示，
里尔克身边的女人都太聪明了。

选自《作品》2020 年第 1 期

用漫长的来世道别

赵亚东

这些石头知道，低矮的树木知道，洞中的水滴也知道
在暮色降临之时，是谁站在最高的山峰
吐出星辰和村落

这些枯黄的叶子知道，野核桃知道，孤独的苍鹰知道
在我行将就木之时，是谁进入我的身体
取走在八百里太行山
偷来的骨气，和风声

这些埋在山中的故人知道，这些枯骨和空空的眼睛知道
我可以带走的是什么
又有一些什么，我必须以命偿还
用漫长的来世道别

　　　　选自《花城》2020 年第 1 期

容器

宗小白

事物的因果关系让人费解
比如将水注入水杯
水就渐渐不再沸腾了

比如独自一人待久了
就会习惯和另一个自己
和谐相处

就不会那么强烈地感受到
不被需要的痛苦

我知道孔子对颜回说完
"君子不器"，这话之后
内心的痛苦也像满溢的水

但他的痛苦并不是因为
内心的沸腾不见了

也不是因为看着自己
和另一个自己和解了

我知道所有容器的悲伤

并不是因为水

选自《诗刊》2020 年第 4 期下半月刊

爱情万岁

钟立风

你唱歌的时候　让我想起了一个人
雪花纷纷的夜里　他扑向了一扇门
门内等候他的是一个他没有认出的人和
一曲他快要遗忘了的歌

现在你唱起这支快被遗忘的歌
而他或许还停留在那个遥远的冬季
那个雪花纷飞的夜里　已经公开的秘密
那个受伤的动物般的心情

你唱歌的时候有人幸福得仿佛要死去
你唱歌的时候美女如云爱情万岁
而我总是想起雪夜里他曾敲开我房门
我换了发型　已不是他要找的人

或者你就是他　而我已完全迷失了自己
走过情感的千山万水你如此平静如水
在歌曲的间隙你眼里闪过了一丝甜蜜
进来一个人　头上有白雪的痕迹

选自《花城》2020 年第 2 期

莱伊尔公园

张作梗

一到夏天，莱伊尔公园就会像雪一样融化，
转眼消失不见。你回想暮冬曾在
那儿有一次邂逅，现在随着地址的流徙，
也好似不曾来到生命中。
"它在英国多塞特郡？"
——你不敢肯定。但哈代曾在
一本小说中描绘过它，并让男女主人翁
双双殉情于此；
你读过就不曾忘记。
"一个在书中短暂存在过的公园，为什么
放到现实中也不能久留？"——你开始
质疑每一个固定地方的确定性，
并用伦敦的雾，装裱这"质疑"，将之挂到
中国的墙上。"不过，也许转动地球仪，
终究会找到一个莱伊尔公园吧。"就像松鸡
曾出没于每一管枪口中，
而森林总是匿藏着相似的埋伏。
你开始用记忆缩小莱伊尔公园的比例，
直到它成为一次暮冬的邂逅、邂逅里的
一个光点。"对，就是在那个神秘的光点中，
两个人度过了漫长的七天。"

而莱伊尔公园，作为一个背景，
确切地说，当它提供了一个酷似伊甸园的
场所，你不再关注它是否真正存在过。
每一个地方都会死去，唯有真实的
欢愉，像钉子锥进肉中，永不会消失。

选自《星星》2019 年第 12 期

无非是把人间炎凉再尝一遍

张巧慧

无非是把人间炎凉再尝一遍
身处险境，才能忽略心中的裂缝

那些赞美。卑微而自尊的生命
我忍着
试图保留诗歌的质地

行李箱上的名字
各自的来处，爱与留恋
春天迟迟不来

我有深深的歉意
活着的人对逝去的人
我有深深的敬意
留守的人对逆行的人

选自《作家》2020 年第 6 期

第二辑

PART TWO

（期刊、图书）

金枝

卜寸丹

他揭去她的纸面具，"你是我的诗篇"
他拥她入怀，"你是我寂静的月色"
他像魔术师一样变着戏法。绝处逢生

"啊，爱人！"她将纸面具戴到他脸上
她缠绕着他，像一条青藤
"我在你怀中歌唱，也在你怀中安息"

黑暗淹没了房间
她用气血供养的一小朵玫瑰的刺青
像影子一样清晰而又模糊

选自《中国汉诗》2019 年第 1 期

巡船胡同

包临轩

时间把船坞拆解得不剩一块残板，而江水
依旧运送着秋天，竟毫无负担

水面之上的叶子，在岸上枯萎，却在水中
让金黄的颜色湿润起来，证明树木
也有藏匿在年轮里的梦乡，水一样辽远

而巡船胡同，从未停止对岸边的凝望
它曲曲弯弯，延续着旧日的愁肠

一个女孩子，在头戴蝴蝶结的夏天
懵懵懂懂，走完了父母呵护的最初时光
而今天，她已无暇光顾这里

静悄悄的胡同，这倾听江水的长耳朵
在等待她归来的足音，轻轻响起

古铜色渔夫，倒扣在沙滩上的木船和桨
斜靠在博物馆的壁画里
而前来踏访的摄影师，在低矮的红砖房驻足
渔夫是否再次栖居，已无从寻觅

从门楣和窗棂的破旧与斑驳中

他依旧看出

船体，隐现于胡同那收敛的眉眼之间

　　选自《深圳诗歌》2019 年

两只蝴蝶

白光

两只蝴蝶

在池塘边

一上一下地

飞

并交配着

直立行走的人类

把这个场面

演绎成小提琴协奏曲

（青年梁山伯

和

少女祝英台）

高纯度的

爱情

坚固得

不溶于水

选自《读诗（第一卷）》2020年

所有相遇都是一粒种子

宝兰

梨花还开着
我遇见一个让我晕船的人
从此不分东南西北
你一个眼神便调走我千军万马
有你的地方便是前方
我臣服于这样美好的事物，甘愿为你丧失兵权

世上那么多的种子
来不及看一眼便埋入土中
我们也有逃避不了的宿命
稻田里长出个高粱
我们尊重万物生长的权利
既然携手上岸，我们懂得
就是天也有阴晴圆缺

爱就是，最青黄不接的时候
我们总能找到发芽的土豆
并从臭豆腐里吃出香气
爱就是，一身布衣
满腹经纶却时常说着嗡嗡废话
爱就是，见缝插针细碎的牙齿咬断花线

挨刀之痛顷刻间便好了伤疤

选自《诗歌风赏》2020 年第 2 卷

春天回来

川美

你信不信，春天都会回来

你好不好，春天都会回来

你疼不疼、苦不苦

春天都会回来

春天回来——

就是看看你还在不在

春天回来——

就是把走失的羊，圈回草原

顺便给狼指一条生路

春天回来——

就是给种子以信心

将一切岔路上的灵魂拉回正轨

选自《小诗界》2020 年第 2 期

宁静的样子

陈羽

我要的黄昏有茉莉香，竹影摇
芦苇依然在风中
河边的长木椅上，老人望着远处
一只狗，在他的脚边匍匐
眼中有相同的树和流水

当城中的灯火依次燃起影子
我的身边有你
风，再次经过我们再次抖去尘土
轻盈地越过它喜欢的事物

选自《中国汉诗》2020 年第 1 期

我们的第一声啼哭不带一丝尘埃

冯冯

这么多年，我们从身上搓下多少泥垢
我们不是一下子被掩埋掉的

这么多年，要不是不停地去搓和冲洗
我们早被埋葬了

直到搓不动了，污垢堆积如山
直到风吹响死亡的哨子，尘土才堆盖了我们

我们从母体中脱落，像是种子撒在地上
与土朝夕相处，与风吟游共舞

我们的第一声啼哭，除了乳臭
并不带一丝尘埃

选自《小诗界》2020 年第 1 期

在桃花潭

卢丽娟

雨落在

竖立的桃花潭畔的牌坊上

正是深冬的傍晚

大地灰暗，烟雾迷蒙

两岸的柳枝上

最后几片叶子

在镜面的河流

与牌坊、远山的影子

一起闪烁着神秘的气息

我突然想到了去世的诗人卧夫

三年前，在南阳的诗会

他经常一个人

消失在大山的深处

那里的山，灰、黑，空灵

好像眼前这般颜色

他有多么热爱大山啊，最终

他彻底地把自己和远山融为一体

此时，周围是那样的安静

在黑与白的单色中，细雨

清洗着清石板的小路

选自《风》2019 年卷

苹果树

刘剑

时间未必是件好东西
过去的永远抓不回来
真的不如一只苹果，起码你吃过后
随手扔出去的一枚果核
说不定明年会在地上长出一株小树苗

或许这株树苗能够长成世界上
最大的一棵苹果树
不属于跌宕起伏的那种
属于平原地带风平浪静的那种

最低的枝头长出最大的果实
对得起童年的快乐
苹果花闪着白色的火焰
让我雀跃，让我神魂颠倒

儿时，记得每年赤日炎炎的盛夏
父亲都会摘下几片树叶
并将它们小心翼翼地夹在相册里
看着日渐长大的照片
树叶会日渐枯萎变老

树会在方寸之间进入我的内心

进入我的落日，进入我的潮起潮落

无须丈量，即使在布满皱纹的树干

充满诱惑的果肉比逝去的时间温柔

选自《有飞鸟的地方就有天空》，刘剑著，时代文艺出版社，2020 年 5 月

一只香螺，在死后打破了沉默

李不嫁

多年后，当生命已逝
肉体消亡殆尽，只剩这空空的躯壳
假如有人问我
遥想当年，风暴来临时
你是否恐惧、是否由于胆怯而畏缩
面对未来的人们
你拿什么证明自己在场
没有随波逐流、没有留下污点？
陌生人，请将我凑近你耳边
仔细谛听：大海隐约可闻
那是现场实录，从未篡改的潮汐、历次海难的回声

选自《卡丘》2019年卷

跳水

李成恩

这不是水，是蓝色的玻璃微微晃动

如果你的身体真是你的身体

从跳板上倒栽下去的就是另一个人

如果你的尖叫唤起了你荡漾的恐惧

从跳板上跳下的肯定是别人的身体

蓝色水面向你打开一个通道

你在张望中踮起脚尖，这个时候

如果有人在后面推你一把

你还有退路吗？没有了

因为你溶入了蓝色玻璃

你的头插到了玻璃里，水花溅起的是玻璃

破碎的声音，你知道你的肉体嵌入玻璃中间

你像一条鱼摆动你的四肢，张开你的嘴

你企图挣脱玻璃的囚禁

因为你意识到跳板上的怀疑是错误的

推你下来的那个人虽然是另一个自己

但你后悔了，你想浮出水面

你在玻璃里迷失了你的身体

夏天的炎热迷失在你身体里

你的身体只是一个漂亮的符号

在半空里翻滚，迷失，抱紧

然后跳下去，但跳下去的是另一个人

你此刻还僵持在跳板上哆嗦

蓝色玻璃啊，你倒栽下去就变成了水的一部分

选自《卡丘》2019 年—2020 年诗选

寒山记

任怀强

二月，山寒。这一年梧桐叶
几乎落尽。山色青黛。偶尔
风吹过，叶子翻卷着、飞舞着，
托马斯全旋般地飘向地面，
完成自己的使命。像时间提醒
人们不知不觉进入冬眠，捡到
落叶的人，就知道冬天在醒来。
临风而听，孤墟烟起。我的
生活，有狂歌，亦有安宁。
我在你的路上，看着云朵在枝杈间
斑驳、跳跃，如热血生命

选自《诗群落》2019年第2期

去处

伤水

会有一只鸟
让我记挂它的飞翔。它
完整的死亡
那是不见尸体的结束，消失在
空中
它是我模仿的对象
你见过它飞，偶尔的歇息，飞
间或鸣叫
你驻足，被它的哀鸣所打动
它飞翔的姿势
你不会惊奇。还能怎么飞呢
没人探底过它的深喉
没人细究过它振翅的动机
就如树，一生只停留一个地方
鸟，在我们头顶
永远飞向不存在的去处

选自《汉诗》2019 年第 3 季

雪夜，暗流不息

杨北城

江水永逝，不舍昼夜
她不断从赴死中活出浪花
即使有一朵，必先葬于内心
她也不会停止对人世的诵读

严酷的寒冬正深
她偶尔会在冰雪的腹地滞留
然后，又埋头奔向未知的余路
是因为不老的青山仍在
像青春的漩涡卷起山谷的石头
是穿肠而过的，永不停歇的暴雨
劈开了胸中块垒

不是所有奔腾的河流
都能挣开大地的束缚
也不是所有高大的灵魂
都能摆脱生活的平庸
但她汹涌地暗流永不平复
即使冬天一再拖沓
她在冰雪的压迫下仍无比欢畅

那是来自大海的欢畅，从此一条河
将背着两条河的债
就像一个人，过着两个人的生活
一个在雪夜访戴，不遇而归
一个在雪夜，上了梁山

选自《卡丘》2019 年—2020 年诗选

渐次

杨碧薇

站在藏经阁围栏边

安福寺的一角房檐正翘指拈起的黄昏

它前面几树繁花自顾潋滟

再往前是屋舍铺开

再往前是院落以旷寂对话世界

那院中有隐约风铃声向我拨来

它携手白鸽之缓步、风中之尘埃

于稳健深处发一声空响

当这一切的善意临到围栏外

我扣手直立，体内执念如春色堆积

选自《中国汉诗》2019 年第 1 期

我在晨曦中解读光的秘密

于西子

我在晨曦中解读光的秘密

它把疑问留在了昨日

将希望都播种在四月里

它放下执着的缺憾

送来当下起舞的初春

它抛弃了嫌隙

将理解的力量赠予你

它撤走恒星般的流言

洒下雨露，滋润着真谛

我在晨曦中解读光的秘密

它原谅我曾在平凡中的颓废

将热情和自由注入我的心

它带来更多的积极

在依然平凡的时光里

不同的是

我在晨曦中发现光的秘密

是醒来，生命即是新的契机

选自《照进生命的光》，于西子著，时代文艺出版社，2020 年 2 月

空虚

衣米一

不可避免地，有时
我们感到空虚

我们似乎应该谈一谈马
谈一谈如何喂养
为养好它，我们如何不可避免地
发生争吵。我们如何重归于好
又为之受累，流汗

不可避免地，在马还没有买回来之前
我们将为买一匹什么颜色的马
而成为反方和正方
我选择了白色

不可避免地

我说，必须有

雪白雪白的毛

像真的雪，可以融化

选自《诗歌风赏》2019 年第 2 卷

旅行计划
——给我的丈夫张建祺

袁永苹

你我好几次说起要远走他乡

出去旅行，看看外面的天地。

在冬季，你总说要带我去钓鱼

你说你曾钓到过最大的鱼

足足有好几斤重，震惊了整个河边的人。

你说我们可以去钓上各种各样的鱼

大的你可以为我做成美味，

小的我们可以喂养我们的猫。

一晃两年过去了，我们哪儿也没去

没去旅行，也没去钓鱼，

你的渔具被我放在阳台的抽屉里

它们就像是要留给梦想的礼物。

我们总是说着，在未来……

后来，我们在结婚日那天的照片上面出现

你脸上写满了羞涩，穿灰衬衫，利落的发型，

我穿着红裙子，微胖。

虽然那时我们的心已经疤痕处处，

可是我们却真的像是

从未受过伤痛的新人。

选自《江南诗》2019 年第 4 期

渴望

张牧宇

现在只有风，和阳光透过树梢
落下的阴影
我刚从人群里走出来
怀念一些事，但并未说出口
林子里的野草生长
不亚于远处的白杨树

我渴望你开口
在我们之间制造风声
但我更希望你携带河流和山川
让风声静止

选自《诗歌风赏》2019 年第 2 卷

在泉州参观沥青混合料机械厂

宗仁发

那些被泉水浸润过的石头
骨子里是柔软的
那些被埋藏多年的石油
内心里是滚烫的

它们从遥远的地方来
又要到遥远的地方去
在这里秘密集结
一同铺就通向大海的路

哪怕被车轮成年累月地碾压过
只要用真情与它们对话
它们的生命就可以循环往复
一次次成为大地的琴弦

选自《猛犸象诗刊》

藏经阁

周文婷

这么小的人间
修行着我与尘埃

我们前世像都在寻一只空碗
不为收藏，不为接住食物

只为在打开之前，打破。
打破的这只碗不会
盖过你诵经的声音

但会让一只蚂蚁打开门
探个究竟，我会借机
藏进某一部你喜欢的经书里

这样你练功时，我终于
可以帮你打通任督二脉

选自《抵达》2020 年第 13 卷

第三辑

PART THREE

（诗歌网站、微信公众号）

诗艺

北岛

我所从属的那座巨大的房舍

只剩下桌子，周围

是无边的沼泽地

明月从不同的角度照亮我

骨骼松脆的梦依旧立在

远方，如尚未拆除的脚手架

还有白纸上泥泞的足印

那只喂养多年的狐狸

挥舞着火红的尾巴

赞美我，伤害我

当然，还有你，坐在我的对面

炫耀于你掌中的晴天的闪电

变成干柴，又化为灰烬

选自《此刻在天涯》微信公总号

自转

笨水

当我自转，我就有了
自己的大气层
扔来的鸡蛋石头
将被销毁。鸡蛋化作灰烬
石头变成黄金
它屏蔽黑暗，让我看见蔚蓝
眼神怎么冷
我都将它们看作一闪一闪的
星星
到处是群山汹涌，到处是
旷野宁静
到处是小草，推着巨石
到处是石头堆积
加深的沉默
我用河流，接纳雨水
我的大海
被我修剪成花园
我眉心养的一只幼虎
每日，穿过暴雨
去餐露水
想吃肉

我就让悬崖带它去看明月

看看就饱了

看看就独自回来

选自《笨水养鲸鱼》微信公众号

夏天

呆呆

青年已死。

但是男孩，你的行李箱里装着什么？

你说你死过一次还将继续死去

一个合成的月亮

一个假设了亿万次方的黑夜

加速度中的建筑物。你渴望成为英雄的父亲，在厨房擦拭

碗筷

你想取悦的少女

在窗边取下她化学的面孔

不速之客从餐桌偷走你的名字

蔷薇篱墙下，没有人弹着吉他唱一首老歌。穿过青雾，这

个城市已成废墟

你带着另一个月亮爬上屋顶，把它喂给虚空中那条鳄鱼

你说你已爱无可爱。

从前收集过雨声的妈妈。湿漉漉地，她打开门。进入那否

定一切的美

选自《一见之地》微信公众号

今年不比往年

道辉

没有你时，手向臂膀索取
闪光——一家子人，谁留下的
还有四周
窗只向门开半扇，黑眼瞳，轮流合上
轴轮被屋檐水放逐
眼瞳喝着眼瞳，从未欠缺被看见

讲话讲出枝丫，路走向枝丫
不走向人，石头自开凿，石缝花开
你自睡在自己的手上
爱人来把拐杖收拾好，重放在暗光编缀的担架上
爱人的骨头长出枝丫
结出乳晕的草果，这样的早晨被果浆灌满看不见什么
在那儿根本没有一人，能用整个世界的耳朵听
你像幸福得，讲话讲出三个今日同时降临，你知道你
睡在枝丫上以为满树燃烧着手指

到正午还在夜歌的夜莺，在雾井里提炼精液
失踪的啼叫赤裸裸洗日光澡
雾井变排列枣缸的庭院
你讲话的喉咙被熄灭，沉寂被点燃

这样的早晨扛网的人走进网中的坟丘

被死亡呼喊的河流重又漫了上来

广袤变活人，戴着大斗笠，站在屋顶上招手

他的嘴

发音变农作物，是飞鸿，飞翔的水

嘴朝向东方，红彤彤的

朝向手推车、石屋

朝向你，你烧焦作快乐的一小撮泥土

你讲话不只是讲出今日，是一个年

今年不比往年，河流戴着大斗笠坐上屋顶

湿漉的，闪着光，昼夜不眠的一家子人

　　　　　选自《天读民居书院》微信公众号

秋天
——给里尔克《秋日》

郭力家

秋天路过人间

秋风亲自了解了语言

秋天用秋风解放了所有草木的执着

天色越来越少女

鸟儿越来越盼望过冬

谁学会了秋风的一无所有

安慰无欲无求的心主

帮我放下羽毛的手

必收到我感恩的眼睛

让你入梦的人

必远至一个秋日

所有落叶不足以说清

于是上天说

爱我

像爱你一样

孤独是一个自语的小屋

你打扮完了再出门上路

秋水深处

一条鱼的冷静

已经超越岸上所有朝代最新出炉的哲学

捡一枚智慧人生的完美落叶

手比风疼

选自《长春诗公园纪念笔记册》

车影

高鹏飞

我信。车里待久了

是该松开方向

去亲近一匹马，或者鞍上可期的人

我们总在路上

不断地奔跑和加速

河流、山岗、森林、沙漠……

梦一样蜿蜒

当夕阳走进心底的草原

就有了诗意的承让

其实，相遇就是这样

被只见一次的缘分高高举起

又轻轻放下

空下的慢时光

躲不过壶泉酒轻轻地一击

　　　　选自《泥流》微信公众号

年前

古冈

西风呼啸，窗外黑着过。
室内白炽灯一溜，
年前不知的
酸楚和往昔的冷。

年末降温
结完负债表，
浩渺只是会计
销掉的账。

小时候想当司机，
躲进亭子间，窗户像车头
手脚忙着方向盘和离合器。
爷爷生冻疮的手
胡萝卜似的
来回用消毒液擦饭桌。
奶奶下楼把煤气关小，
菜叶漂在狮子头汤里沸腾。

即便现在，旧貌仍比

逝去的慢一些。

选自《渭河文艺》微信公众号

初夏

侯宝华

1

蝉儿有透明抖音，鼓起双翅替你立夏
当此时，一览月色，沿小路
同样以透明写透远方

谁赠给你颜色，都会倾出一袖江山
情思如水，就不乏跳脱之美。小锁骨露出来
锁圆，锁弯，不锁想法

2

都透明。分不清哪一个自己，是穿在外面
的笑盈盈，或另一个自己更薄
更适合隐蔽

送之以香，必还之以朵。但
到底是一个人行来，一个人的夏日。使用速度和嫩枝
鞭打静悄悄，又凉不透的目的

3

都透明。透明到"自由，本如风中的长发
能够尽情飞扬，只是因为
都长在头上"

透明到牵绊，越想摆脱，拴得越深
本靠意念行走，就可瞬间亲密，偏偏要靠双脚
才能落地

小陷阱，从来是认准了才跳进去
自己曾是自己的冬天
一如现在，自己是自己的炎炎

　　　选自《北京诗人》中国诗歌网

一个人的酒吧

韩国强

夜色像身体一样

渐渐凉了

我在酒吧昏暗的灯光下坐了一会儿

要了一瓶酒、一只酒杯

看着镜框里的凡·高

听很深情的音乐

记起现在已经是美丽的五月

五月的风

贴在窗上的样子一定很好看

有部戏的女主角就是这样好看地

贴在男主角的肩上

说许多缠绵的话

或者默不作声

像我现在这样

抽烟喝酒再望望别处

很多年就过去了

等到一切消失

也许只留下一句话

还贴在胸口

这是一句用来告慰死亡的话

我想不起是谁

说了那句话

我甚至想不起

那句话是什么

我是最后一个客人

我离开酒吧

我拐入某一个灰暗的街角

黑暗中

我是我自己的陌生人

我和我

面对面压低帽檐

谁也没有看见

选自《猎晏》微信公众号

硝石的味道和着血腥顺风飞扬

贺中

从西伯利亚驾乘寒流的飞禽
重临大羌塘的湖盆，在山巅

硝石的味道和着血腥顺风飞扬
怀抱雪山、河流与狮子的人
胡须的飞动和青铜翅膀一般——

清洁的圣水流入手心，雷鸣挟着闪电
只能明亮他们的黑暗，天空之锣
闪耀度母的清辉，无数银线
弹奏曼妙，雨点组成舞蹈的火焰

落满荒原：这让失去的世界
重归！——那有翡翠一样草原
松石一样天空的幻境

选自《地平线》微信公众号

我为什么谨小慎微地活着

黑牙

一本书，只读了几页
一些面孔刚刚从纸的夹层中
浮现。一些情节，一些线索
刚刚有了眉目，一些生活
刚刚散发出烟火气

一壶酒，陈了多年
早已香气如钩。可钓天上明月
也可钓三五好友的放荡笑声
没有饵，没有浮漂，没有心计谋略
唯仙果几枚，供我们长生

一条河，千万鱼虾准备了
千万颗水晶，作为迎接我的礼物
久在人间，鳞甲早脱落干净
我必须在未来的日子里
等它们全都长出来

一座山，童子已等候多时
他丢出的种子，现在已参天
他斟满的松叶茶，香气早溢到了山外

我却不能急，不可躁，我得等
一根手指，伸入梦中，在我的
额头上，轻轻一点

一个人，刚刚爱了一半
我要把未完成的爱，爱完
把属于我们的时光，浪费掉
往后余生，我们还要穿越无数个日出
日落，把无数个等待和思念消磨尽
我们要成为，彼此的肉身

　　　　选自《泥流》微信公众号

入殓师

后后井

初学的时候

要画千百种脸

学会后

师父只让画一种

众生平等

闭上眼都一样的

没全听师父的

只按亲属要求的去画脸和上妆

画来画去觉得确实都一样

仍然自作主张地划分出两种

男人一种

女人一种

极少会有第三种

但要碰见死不瞑目的

安抚到瞑目后

她会细致地

再描一条线

让逝者微微张开眼睛

选自《新世纪诗典》微信公众号

分手信

敬丹樱

木槿花开了，扶桑花也开了
邮差挠挠头，他读不懂花笺上的小语种
也不明白，两种气息相似的美，为何不约而同
拒绝了香
阳光还在窗户上徘徊
绒花树下，戴老花镜的婆婆已备好针线
浆洗过的被面，破洞的蚊帐，钉子划伤的裤腿儿
很多活计等着她

当然，里面不包括
闪电撕开的天空，豁口的塘堰，漏风的墙体
字里行间
决裂的语气

选自《诗人文摘》微信公众号

清晨，我们行驶在出城的公路上

吉庆

清晨，我们行驶在出城的公路上，
我坐在客车后排一个靠窗的位置，
方便我看一路上的风景。在我旁边
坐着的是一位说外地方言的中年男人，
和我一样是游客。导游在车头的位置
向我们讲解一天的行程，她的声音
从扩音器散播出来，含糊不清，
所以对接下来的计划，我依然一无所知。
我看着窗外，路面被昨夜，或更早以前
的雨打湿，像动物的背，生出黑亮的短毛。
路两边的建筑物渐渐变得稀疏和低矮，
我们依次路过学校、购物中心、批发市场、
4S 店、物流仓库、休息站、工厂和种植园，
围栏里是一排排叶面宽大的南方植物，
它们油亮而崭新，让我感到陌生。
我突然想起卡尔维诺的一段话，他说，
再也没有那种与世隔绝的地方了，偏僻到
可以使你与他人或过去，相互隔绝，
所以人只有在路途上才会体验到孤独。
但愿他的话是对的，我希望事实果真如此，
那样在这条平顺而湿滑的道路的尽头，

会有我熟悉，或期盼的一切，所有的孤独
都是短暂的，将会伴随着旅途而终结。

选自《诗歌写作计划》微信公众号

壬辰年

——和吴峻《乙酉年》

贾冬阳

在壬辰年年底的浓雾中

有人翻开《乌克兰拖拉机简史》

昨夜读到第 58 页最后一句：一辆拖拉机正在缓慢地颠簸前进

将烧为灰烬的麦茬翻入土中

早上起来烧水、浇花、扫地

把海风放进室内

橘黄色的收音机里，各种经济学指数

他从没听懂过

"拖拉机和乳房。"这是哪个时代的焦点？

63 页倒数第 7 行上的句子，让小马抬起头：晨光熹微

一位老人牵着一条狗，站在棕榈树下

一辆深色轿车尾灯闪烁

窗台上的秋海棠，正在慢慢飘落

一枚黑暗的花瓣

壬辰年年底

北方寒冷，雾霾厚重

读书之余

我们准备粮食、茶叶和酒肉（腊味肥美）
等待来岛上过年的亲人

选自《Lost Stars》微信公众号

母亲节悄悄写下

蓝野

妈妈，如果我比您更早地离去

请不要悲伤，我只愿您有足够的辰光将我遗忘

是将我埋下，或是抛撒

当然，只由您说了算

还请您为我选一支曲子吧

要慢板，安慰那很少的来客

也顺带抚慰那缠绕不去的我

天空依旧高远湛蓝

吹过山坡的风还是那么漫不经心

一忽儿卷了片落叶

一忽儿随草尖上的露珠悠然消散

如我一样，这轻轻的风儿把此生过得轻飘

轻轻地，连足迹也难以找寻

——就是这样，我很快忘记了

原本险绝的命！

妈妈，大地依旧安静平缓

就如我从未出生，从未和世界纠缠

妈妈，如果您还有力量

请将我再次怀上

再一次让我对着尘世大声哭喊

　　　　选自《天天诗日历》微信公众号

要么雪茄，要么流放

陆渔

要么给我一枝雪茄
要么把我流放

我不要食物
也不要钱财
更不要你的认同

给我一把枪
匕首也行

这样就可以

向自己的肉身宣战
打它个稀巴烂

还有麻木的肢体
虚伪的笑容
令人作呕的爱恨情仇
打它个稀巴烂

我不要食物

也不要饲养

只要一支雪茄

大号的古巴雪茄

要么雪茄，要么流放

选自《小柯》微信公众号

系统故障

梁小曼

在谈论这个之前，能否
将你从你身上解除，就像
把马鞍从马身上拿下来
自我是一种不太先进的
处理器，它有时候妨碍你
运行更高难度的任务
但有了它，我们能解决
生活上的基本问题
身体不太健康的时候
我们能够自行去医院
能够进行简单的贸易
购买日常生活用品
促进消费，并因此得到
某种多巴胺，那有益于
我们怀着一颗愉快的心
去接近异性，安排约会
并在酒精适度的作用下
为神复制它的序列号
开始谈论前让我们
先升级这个处理器
面对浴室里的镜子

重影是代码的运行

你拥抱自己像拥抱

陌生人，你感觉不到

爱，也感觉不到欲望

这个时候，让我们开始

谈论吧，爱是什么？

爱是一个人通向终极的必经之路

终极是什么？终极是神为你写的代码

如何爱一个人？帮助他抵达终极

那么，死亡又是什么？

死亡是系统的修复

诗是什么？

诗是系统的故障

诗是什么？

诗是系统的故障

诗是什么？

诗是系统的故障……

　　　选自《今天文学》微信公众号

凛冬将至

刘明清

丝丝的北风带来极北的消息

凛冬将至。死亡将考验每条生命

大雁作为先知，最早逃往温暖的南方

喜鹊作为后觉，也将空巢抛给光秃的树枝

不知不觉的是芦苇是蒿草是枯荷是流淌的河水

而你们才是最可悲的物种，虽拥有知觉却浑浑噩噩

大雁逃离之时以呜咽提醒过

喜鹊消逝之际则叽叽喳喳叫喊过

直到消瘦的芦苇在冷风中瑟瑟发抖了

直到可怜的蒿草在你们的践踏下倒下不起

直到残败的枯荷苦苦等待最后一场飘来的雪雨

直到流淌的河水慢慢结下冰碴儿正午阳光无法消融

你们却抱着孩子般天真幻想

幻想着北风的消息是个巧合误会

幻想着凛冬在极北，就永远属于极北

幻想着秋天还没走远，后面是又一个暖冬

幻想着日月轮回，慈悲的太阳会垂青每条生命

幻想着死亡不过是遥远的，危险他人、危险与自己无关

然而凛冬将至是个清晰事实

选自《明清书话》微信公众号

我相信是命运把我领进草原

李琦

我相信是命运把我领进草原
在牧场、毡房、"那达慕"之后
在手扒肉、烈酒、奶茶之后
这天有多蓝

一只盛满奶酒的花碗
一件沾满风霜的袍子
一阵起伏的牛羊的声音
一个斜在马背上的身影

一些动人的习俗
一切细枝末节

在这叫作新巴尔虎右旗的地方
让风吹着
让阳光照耀
想说的话减到最少
朝着一个方向长久地凝望
有说不出的好

马在饮水

羊在吃草

一切都是这么可靠

此刻，发生什么都会让人相信

比如看见牛因伤心而落泪

比如卧在毡房前的那条黄狗

忽然叫出你的姓名

辽阔的草原

像是无边

一个哑嗓子牧人迟缓的长调

却能把它填满

让我失望的世界

又在这里，一片苍茫的

让我相信

　　　　选自《大象诗刊》微信公众号

磨镜者：给斯宾诺莎

李德武

1

这是你钟爱的手艺：磨制镜片！

你计算好了焦距，精准到分毫不差

凸凹的现实里隐藏着虚与实的本相

你看到光明显示自身也显示黑暗

而眼睛却错误地将二者对立

久远以来那不真的面容被当作神仰视

望远镜里上帝不过是普遍的物质

同样自然地星光里有人类的眼神

在公正的审视中万物平等

它们首次免除惩罚的恐惧，独自吟唱

打开自然的经典，如同春天释放生机

高贵的恩赐还原为人人自有的权利

你为模糊和混乱设界，使迷途回归正轨

在甄别中理智和仁爱将虚空注满

没有奇迹，无知者才将命运托付给拯救

而你身影孤单，凭一片玻璃戳穿乔装的白夜

你专注于手中的工作，无暇忧伤

沉着而强大的智慧令古老的神殿瓦解

似乎你负有叫醒人类的使命

以实证者的诚实把罪恶根源澄清

在阿姆斯特丹，你一个人托起欧洲的黎明

2

描述一只苹果腐烂的内部需要切开它

表皮红润，近乎完美的笑脸具有欺骗性

我不再是孩童，可我仍不谙世事，喜欢较真

见不得那个随口说出的词轻飘飘地落地

酒窖里的菌类不需要光合作用，黑暗使它醇香

压在档案馆底层的卷宗，真相模糊

阳光像新出版的日报覆盖掉旧新闻

比追赶的脚步跑得更快的是消失，但秋天美好

满树的苹果抵消了一年的无望，打败自己

村子里最穷的人家过年也放几声鞭炮

火药最好的抒情就是爆破自己，一声脆响

暴露本质。强大的升华来自杀伤力

伤别人时是武器，伤自己时是宗教

锣鼓响起处成了热闹的中心

锣鼓这厮虚张声势时总会喊上鞭炮

为他们助威的不是阴谋，而是看客的无聊

正如一场惊世的赌局始于无聊一样

改变现状的第一因素难以示人

野兽出击时也蹑手蹑脚，狮子看中一只苹果

这是它第一次以鉴赏者的眼光审视食物

它错不该跟随锣鼓队来到城市，染上表演癖

它让荒野中的同伴渴望受到更好的教育

人类凶猛！一头狮子分辨不出天使和魔鬼

这让它迷恋海报，颁奖盛典或酒宴

我很惭愧为狮子读诗，给它讲达尔文进化论

如果它感到悲伤我愿意陪它一同哭泣

锣鼓声盖住了它的喘息，它被告知还有一场演出

而你向我述说金字塔和斯芬克司

我看到你的眼镜上飞驰一座沙漠

的确，我们都是第一次做人

出生前我们都是盲人。闭目。靠胎盘活着

睁开眼就有了恐惧和战栗，失声与沉默

在簇拥的群体中落得孑然一身

下雨或大雾天我期望能收回以往的誓言

雨穿过我的手，雾吞没我的身

被闪电灼伤的鸟鸣将其治愈。但斗士不喜欢鸟鸣

他需要用鲜血调制鸡尾酒，脸扭成旗帜

也有忠诚的人坐在阳光下写关于黑暗的诗

他专注于被阳光遮蔽的世界，太亮了

不能准确描述的黑暗只能用譬喻说出

正如你听到的，我们把黑暗说成了形容词

3

松散的墙体找寻掉落的牙齿，砖或文字

在眺望到的高度自成一体，浮尘漫过它

漫过砌墙者灰暗的背影，炮台这个老贼

把每一片开阔地都视为危险的漏洞

荷叶成为作战对象，包括湖水和一张普通的脸

戒备森严的城堡适合讲童话，幻想奇迹

但那个奔跑的孩子已经丢失了天真

他不是被天真否定，而是被奔跑否定

他把天真遗失在原地，而那里早已拆迁

一群人等待从核桃里挖掘金矿，他们赌上眼球和

无尽的黑暗，他们互骂对方为傻瓜

他们的大脑被核桃抓在手里，小如城池

杂物的圣经，烟草仰视的雨神，钟失灵的心脏

罂粟和魔鬼结盟，而大丽花成为安分的祭词

古老的磨坊里挤满了等待粉身碎骨的人

咀嚼的姿势多么雷同，一座老城有八张嘴

尽管牙齿脱落却有极好的胃，粗暴地吞咽

心怀美感的人在胃里哭泣，他的嚎叫与呐喊

不会比一个嗝更响亮，肠道消化尊严

绝望的人一边祈祷一边盯着跑过眼前的兔子

他把自己应负的债务都转嫁给了上帝或

一座雕像。很简单，只需给石头一双眼

一双永远也不闭合的眼，他看见视同不见

接受视同拒绝，明辨真伪视同混沌未开

而在他面前，跪拜或不敬者多如牛毛

拖拽着欲藏又露的舌头——内设的尾巴

张口闭口都发出：我、窝、蜗、龌……

4

写完一首诗夜就深了，困倦又无眠

星星做伴，孤独者因此有力量醒到黎明

静思。观察。扭过头发现逝者高大

离开的没有一个人回来，或捎个口信

这是个迷。重复的迷。无限延续

门加锁后煞有介事。无所通通往密道

聪明人迷恋推销钥匙，编制密码和程序

抖音抖开遮羞布的碎片，搞笑的时代

植物升级为盆栽，按指令吐绿

楼房被霓虹灯连根拔起，迷幻的悬浮术

绝望开花，打败所有一夜暴红的石榴

人间没有意外，所有意外都出自设计

比如午夜游行，黑压压的队伍簇拥彩车

每张脸都有图谱，与虚无紧密相连

松散的躯体由后台操控最终合众为一

我也是你，你也是他，他也是他们

月季从显示屏中寻找祖母和遗世家风

像寻找长寿秘方，祖母迭代成祖母绿

你有七星瓢虫之梦，于一叶片背面隐居

权且以卑微的身份换取与洪流的隔绝

这一世大患在于有身，吃相出卖了尊严

瞬间孤芳很少被理解为绝命书，绝人绝世

把敌人和斗志一并埋葬于花蕊深处

赤裸还给赤裸，摸到共同体之外的肝胆

匮乏的是不兼容思考和独立的私生活

多么严峻呀，平等的谎言借日月为证

而日月竟给不出倒霉鬼成为冤案的理由

绝望开花。今夜美丽灵魂只是一个闪念

5

在湖边或收割后的田野上，有人内心荒凉

寒气深入他的发根，树影有了重量

凝视雪或捡拾柴薪，用想象的炉子生火取暖

路上偶尔脚步激活尘沙，发出嚓嚓声

如同星星从空中敲门，串联起村舍和墓地

不相关事物开始发光，一首歌唱自黑暗内部

晚祷或持诵经咒。用跪拜减轻肉体的伤痛

可怜因为无助，而不是孤单。强大没有差别

弱小有所不同，但纯净的眼神最容易被忽略

趁着结冰，有人为近于干涸的小溪规划新路线

或对稻草宣讲法律，弥漫的雾霭潜藏规则

被笼罩的总是那些气流不畅的角落

读书是没有办法的办法，黄昏翻过沉重的一页

咬文嚼字受到饮酒者嘲笑。一滴水凝固在坠落中

圆满之躯被拉长，一个刺向地面的针

一个对抗引力透明的安放亡者的灵塔

厨房正吐出幸福的蒸汽，想要爬升又被屋檐阻挡

女主人说：回来吧！我们需要团聚——

分享一顿晚餐，把最高的礼敬献给食物和酒

而他的儿子去了斯德哥尔摩或达卡

远行者的脚或车轮已经停不下来，停不下来！

故乡是一瓶自我封闭的香槟，第一次开启后

气就卸了！是的，卸了！卸掉赋意只剩空瓶子

未离开的人效仿着把自己派往异乡，体验告别

流浪或随遇而安的遭遇。大世界这个招牌

挂在最底层人的嘴上。单纯被匮乏和自卑遮蔽
不思想的人转身侍弄他的鸡，而思想者
写下伤筋动骨的文字——他发现了疼痛
就像发现湖底的鱼，发现紫藤扭曲的内力
他发现权力借助神获得合法化，而神从不讲理
由此推断权力也是不讲理的。神需要信仰
感情只承认感情，对的就爱，错的就杀
感情是一种物质，如同纪念碑或古玩
被矗立时他是冰冷的，被交换时他是欢喜的
谁最先说出世界是意志的产物？这个疯子
他是多么仇恨个体和平等呀！正如星空
以其无限和繁多压制了我们细分的念头
赞叹！崇拜！用身外的奇迹支撑全部的卑微
天张开手掌，天文学演变成掌纹学
局部的黑与白天平倾斜，风暴说出暖心话
不会更好了！这样的判断断了子孙后路
低头才能看到脚下的孩子，弯腰才能抱起他
孩子这根弹簧被我们反复拉伸，锻炼臂力
他从父辈身上学会抵抗，制作面具和奢侈
比如此刻，普遍的黄昏被酒店小包厢分割
那里灯火辉煌，暖气烘焙潮湿的灵魂
这样的场所不仅仅属于城市，而是属于大地
砌墙术让人类学会自闭。建筑的造型
给了欲望合理的美学空间。兵燹和纵火
毁损又再建。每一次终结都改变血统
泥土和砖石的肉身携带了废墟的基因
甚至兵燹和纵火的基因。作为宫殿，它只要在

就不能排除诞生暴君。就不能排除朝拜
低下头的瞬间天就黑了，危险来到脚下
走在路上的人小心谨慎，费力辨认归途
循着鸡犬声找到家的方向，不要低估畜生
当你临近家门，跑出来迎接你的是你的狗

　　　　选自《诗歌写作计划》微信公众号

把一首诗译成瑞典语

李笠

很多诗，一半以上的诗，无法
译。比如《河豚如是说》
比如《拱宸桥的 18 种译法》
比如《西湖三月》……红烧肉
串了味，江南、江山
也串了味，丢了妖娆、妩媚
美，必须栖居自己的语言
一旦移民，就会像捞出
大海的水母，变成一团黏物

译，就是易

这两句太膨胀，太激昂，需要
克制、理性；需要心平
气和。最好是柔声细语
有教养的北欧读者在凝神倾听
雪天，炉边读诗的他（她）
不相信高亢的雄辩，他爱读
独特感受（视角）。他不信
你提着词语的花哨灯笼
在星空飞舞。他相信泥里的脚印

译，就是易

这首写母亲的完美的十四行
怎么瘦成了八行？不，七行！
唉，最后，瞧，只剩下了五行！
但诗中的要点都在：直接
凝练，清晰露出纯金的质地
把"道"译成"真理"，把
"你吃了吗？"译成"你好！"
译，拒绝汉赋的华服
裸露，露出你忘了直面的你：真
译，就是易

轻巧变成了拙重，女高音
变成了男低音，像做了
变性手术，或确切地说：成熟
少年变成了男人，日出
深沉为溅血的落日；胖佛
瘦成十字架上垂头的耶稣
轻似燕子的江南细雨
冷却成高原雄鹰威猛的雪
一堆纷杂的矿石，纯粹成金

译。就是易

不再是黄皮肤，黑头发，而是

枝杈的神经，宇宙的心跳

鲜美的杏子变成了杏干

不再有芬芳，但有浓密的甜

摆脱了细雨的缠绵，柳条的

追捧；也摆脱了龙椅的霸气

小桥流水的旧日温情。你

无须取悦任何一人。唯一

要取悦的是自己：一抹雪夜孤魂

选自《新九叶》微信公众号

在幸福的星辰下

李商雨

悬在头顶的、渺小而巨大的
星辰，有时它
又像是一粒沙子，一点萤火

但星辰并不自觉，它不觉得自己
在宇宙的渺小，相对于人类
令人感到恐怖的巨大

它只是漂浮在虚无里，但虚无
并非真的虚无，暗物质，引力波
神的量子，它自己的心跳

它有一个名字，它叫木星，或者土星
它无意于打扰
任何人，它只是在那里

无声、无色、无香味触法
有时，在窗外，风荡漾了一下
它也随窗帘荡漾一下

它安于自我的生活，它无始无终

它应和我们的生活，却不伤害任何人
有时它像影子，有时它叫时间

而我们在它之下，在它之中，在它之外
幸福的星辰，没有幸福也没有不幸
倏忽的花朵，安静地悬在头顶

选自《风》诗刊

月色

李占刚

进入 11 月，立冬以后的中间部分
东北虎的尾巴阴阳交错，开始孕育新虎
月晕之下，有虎从风，有虎独上山岗
踏石的前爪，挺直的脊梁，照射月球的左睛
需要夜晚，倾诉，遗世独立
月光正如夜虎的目光，照射谁就会被谁照射
月光是我光芒的一部分

那些碎光，光芒照射的边界
将我一刻不停地燃烧，毫无意义地投影给
某个生涯，某个微小数据，0 与 1，负数
我的光芒是宇宙鳞片的：无。总有一个时刻
月黑风高，月明星稀
我和另一个我深情对话，嗯，是的，不，不
伤口的反光，光晕和祥瑞之兆
善于沉默的古代明月，一瞬间的启示，遗忘
那些星光遍布的环形山，科学的真相与丑陋
并不妨碍月下猛虎对美的一切信念
接着就是有关命名，有关人的欲望和阴谋

11 月，卢沟桥石狮子，香港，京城

月边的云朵像缝合复裂开的伤口

为那些奔波的身影照亮前程。而在月亮至上的

背后，一群蠢人在思考着

时间，内部构造和齿轮，意义的月亮

一轮从不发光的明月，对游子有什么终极意义

或者是的，虚无，是我和月亮唯一深入的良机

从月光的碎银进入，那可能是意义的入口

那里布满荆棘、青苔、阴影和冷笑

拥有完全月色的未来者

从中心滚到祥瑞的光晕之外

就像五环边缘，乡道，凋敝的明代车辙

没有为想念和相思留下任何线索

如你把今夜月光赋予意义，你就会被毁灭

彻底的月亮只有一个

但圣人却给它取了不同的名字，今日姑且叫作：等待

选自《光年》微信公众号

把郊区这两个字写得更大一点儿

芦建伦

把郊区这两个字写得更大一点儿

把郊区这两个养育着城市的字

写得更大一点儿

我从城市海关的钟楼下走来　怀揣着郊区

一只跛脚公鸡的晨鸣　我描述不清它眼里的忧伤

也说不清这个下着冬雨的下午

一只流浪的宠物狗失去宠爱

怎样思念暖意融融的家

无力将一些动物的影像固定在胸中

无法测试　最后一片常春藤的叶子

隐藏着怎样深刻的疼痛

我在城市谋生　却在郊区的屋顶

种下玫瑰　月季　百合　合欢花

种下吊钟　兰花　雏菊　勿忘我

又在不同的花期　亲眼看见

不同种类的花朵背叛郊区

她们热烈盛开

并且统一将笑脸朝向不远的城市

于是　我发疯似的

将"郊区"这两个字写得很大很大

固执地坚守卑微的身份

选自《天读民居书院》微信公众号

穿过高速公路的蝴蝶

刘泽球

跨过破产的机修厂，钻出铁刺网的蝴蝶

在泥地里收割后的麦梗上空，在城外

高速公路经过的地方，它要穿过汽车与汽车之间

短于一秒的缝隙，仿佛进入梦境堆砌起来的

另一座城市，一副湿雾洗过般的脸

灰白、模糊，表面分布着不均匀的斑痕

它或许闯入一个错误的时间，甚至地点

在深处回响着已经消逝的声音，比羽毛更轻

但那是我们不能忽略的沉寂，就像蝴蝶

将倒退着回到茧壳，幼虫的童年

我曾经目睹过，它们大片地飞过空旷的田野

在公路上，把世界最单薄的美变成粉碎的鳞片

满地都是，仿佛落叶铺满，或者将

公路的漆皮割开，它们会以抹布扫过一样的方式

重新消逝在黑暗里，就像谎言变成现实

但它们依然顽固地，在那条看不见的航线上

撞向飞驰的玻璃、车门、把柄，其中的部分

会在一模一样的另一边的世界，继续飞舞

大地的沉寂也在那里，就像疼痛，没有鲜血

我们也曾这样盲目地，卸下身体里的蝴蝶

选自《存在诗刊》微信公众号

冬至之夜

刘晓峰

这是一个可以做梦的夜晚吗

天际的黑云如骑士身披的厚大战袍

罩住我的头　所有光亮都消失了

但我感觉得到战马奔腾的节律　听得见马蹄铁撞击石头迸出的铿锵

时光之刃从身体穿越而过　带起细细血丝　喷薄绽放如腥甜雾线

兄弟啊兄弟　我看不到你直指前方的战枪

一阳初起的瞬间枪尖上一点寒星如何闪动光亮

但是我想说奔跑吧　兄弟用冻得僵硬的手握紧你的战枪奔跑吧

去告诉所有人　告诉他们这就是边界

再没有比这个冬夜更漫长的冬夜

小寒的恫吓　大寒的严威　所有用寒冷标志的刻度

都只有今天　都不拥有未来

告诉天际线可以梦想早晨的曦光

告诉冻于冰里的鱼可以梦想呼吸

告诉树窟里的熊依靠舔自己脚掌过日子就要过到头了

这是等待的时刻　坚持的时刻

因为种子抽出胚芽的日子一天天近了

胚芽长成绒绒蓓蕾的日子一天天近了

蓓蕾绽放成五颜六色花朵的日子一天天近了

蝴蝶的细脚粘着湿湿晨露踩踏花心的日子一天天近了

那些带着芬芳亲吻的日子一天天近了

那些裹在花粉中的精子疯狂地轰向柱头的日子一天天近了

鱼水交欢的时候近了

雪融化的日子近了布谷鸟满山乱窜的日子近了

大地被激情胀满流淌出涓涓细流的日子近了

大雁们排成队向北方致敬的日子近了

浩荡东风横卷天地的日子近了

告诉那些失恋的人

那些为思念死去的亲人不能成眠的人

那些在黑夜哭泣的人

那些找不到方向在暗夜彷徨的人

告诉他们咬住牙绝不倒在路上

因为属于光明与温暖的日子近了

选自《光年》微信公众号

与丁香一起跳绳

刘雅阁

紫色合唱团，提着十字花裙
在风中浅唱。春天挽着
雪崩后的白，一路旋舞：
从武汉纽约到伦巴第。你跳绳
跳进生命的纵深。依然没有
特效药，只能增强免疫力
像多米诺骨牌，世界依次
沦陷。祈祷！祈祷的手
长长地伸出去，而神的代言人
据传都已被隔离。你跳绳
地球跟着跳，眼见就要
触底，浓烈的丁香
喷薄而出，将你反弹起
一把抓住时间的手，生活
仍然要继续。魔鬼为人类
特制了新冠，却没能夺走
岁月编织的花冠。正如此刻
丁香花冠，就戴在你和天使头上

选自《海内外华语诗人自选诗》微信公众号

九行诗

老房子

五月十九日，夤夜，怀春的猫

九只，初夏的小区

是它们的暖床。交欢似乎是美妙的

但十有八九的深呼吸被人们拒绝

一个人坐在九个书柜的写字桌前

试图用九根手指同时敲打青蛙的腮帮和蟋蟀的薄翅

留一根伤残的大拇指连续按九次回车键，节奏不分明

但统统九声一行。他要赶在天亮前

写一首九行的小诗，烟缸里

缥缈谐音的心绪，猫声正在撤离

选自《存在诗刊》微信公众号

我用一双马眼睛温柔地爱你

罗蓉

狂风来了，某一些凌乱

如石冰冷的夜色，有你炙热的呼吸

多么好！我有温柔之眼

就像草地上的马儿，在万花和青草之上

对着北大西洋，浩瀚地说爱你

近处，羊群散漫，岩石羞涩

火山熔岩太多了，层叠的青苔岁岁枯荣

海鹦俯冲探视，燕鸥鸣叫

黑礁嶙峋，让人想起蛮荒之境

似乎天崩地裂

之后，更好像人生于妙处的奔腾

犹如两匹骏马，清澈的内心与旷远的回声

选自《存在诗刊》微信公众号

总有那么一天

吕达

今夜，我不界定朋友与恋人

不渴恋远方与故乡

星空已经升起

让我们单纯地仰望它，为它惊奇

草地已经芳香

让我们真诚地称赞它悦人的色彩

感激它献出自己供我们躺卧、游戏

今夜，我们不谈生死

避开上帝和世上一切的苦难

让欢乐成为欢乐本身

让你我回到最初的样式

饮酒，欢歌，舞蹈

让我成为一架旧琴，而你是乐手

让我成为一首旧曲，而你是歌喉

选自《一见之地》微信公众号

还乡路上

陆岸

进山林，只见荒芜，何来猛虎？
入庙堂，最多香客，放生也不见慈悲
一路上，我爱的流水那么欢畅

我也往东来，越来越靠近了
那熟悉的属于窗外的梦境
风从熙攘的大街上打探消息

而我只是一个路人
我忽然在道旁流泪
我看见了这些庞大的灰尘

选自《一见之地》微信公众号

荒原歌

刘年

蚂蚁在一分钟后，长成了红岩大货车，呼啸而来

又会在一分钟后，缩成蚂蚁，钻进黄沙

一根白发，不到两小时，就长成了昆仑山脉

两小时后，昆仑山脉又缩成一根白发，被风吹走了

在茫崖沙漠，我变成了赤身的皇帝

二十公里的斜阳，是丝质的晚礼服

沙尘暴过后，又从皇帝溃败成了一个小男孩

找不到玩具，找不到钥匙，找不到姐姐，找不到父亲

还好，落日能承受泪眼，荒原能承受落日

选自《一见之地》微信公众号

劈柴诗

马路明

斧头。锯子。一堆木头
午后的阳光有更多暖意
漫长的冬天
总得找点儿活儿干
况且劈柴也不是无聊事情

劈柴的场地就是宽敞的院子
劈柴技艺只可意会不可言传
它好像早已经灌注在劈柴人的头脑
四肢和五脏六腑中
根本不需要思考和事先设计

偶尔一架飞机飞过高天
留在天上的一道白烟
让人想起女人剖官产后留在腹部的一道疤痕
这事会进入劈柴人的心
一件事，影响了另一件事

劈柴人在白天，在阳光里
为了黑夜和寒冷
出力，施展技艺

在冬日屋子里造出一个小型春天
那时候他会深刻认识到劳动的价值

　　　选自《泥流》微信公众号

跨年诗

祁国

又要让我
寄宿到一个陌生的家庭

但愿这个家庭
没有癌症病人
没有精神病人
没有瘾君子
人人有工作
个个领到退休工资

这个家庭
墙上挂着一幅
不是印刷品的山水画
枕头下面
压着一本折着页码的新书
窗台上放着一把陈旧的口琴
或者一小盆鲜花
电视只能播放一个频道
天气预报

最重要的是

相互见面时

总是说"太好了，太好了"

是的

房子的按揭

还剩一年就要还清了

选自《诗生活》网刊

卡迪亚斯的深夜

祁连山

那是三亿年前的一天
宇宙中突然诞生出时间
这么个东西
小城青年卡迪亚斯愁上心头
在他们那代人的认知里
人这一生
无非是醒来和睡下
睡不着的人
就再也睡不醒
如今又加上了年轻和老去
未来必然会招致许多许多
千奇百怪的问题
卡迪亚斯抬头问上帝
不要这样子行不行
吧台边的上帝
把八二年拉菲一饮而尽
微醺地侧身对卡迪亚斯
竖了个中指
卡迪亚斯叹息
传出一阵那独属年轻男子的帅气
卡迪亚斯

明媚的卡迪亚斯走出电梯

踏上摇晃的大地

似乎早已忘了

当今世界

已经有了时间这回事

选自《诗情画意》微信公众号

在茶餐厅为麦克白斯留一个靠窗的位置

伽蓝

给他一杯咖啡，笔和纸

在临桌给他一对恋人

或母女，或父子。一堆纠缠的问题

织着忧愁或欢乐

一片降低在桌子上的乌云

光，正从云层透过来

照亮他昏暗额头上的川字纹

给他一阵风，带来金钱花开与孤独叶落

给他一本书，让他不敢从书中抬起头来

像那个不敢回头的人

一回头，希望就会停摆

给他一切，他都悄悄留在原地

像用杯子压住，买咖啡的零钱

这个下午，独自离开

所有的下午都是黄昏，所有黄昏

都进入他的身体

发酵一个明天，又一个明天

选自《太白酒肆》微信公众号

遗嘱

宋词

到了那天，我不知道
你们当中哪一位
到炉前去收我的余灰

但有件事必须嘱咐你
千万在灰烬中仔细翻检
灭掉最后一个火星儿

我一生都是危险的易燃品
但高铁、飞机、海关和网络
所有的安检都被漏过

因为，我总是把每一个火星儿
藏入最隐秘的骨缝深处
作茧冬眠，被体温掩盖

我的每处脆骨都是可燃冰
每根骨头都是核燃料棒
每条神经都是暗藏的引线

我的灰烬，无论埋在青山

或撒进大海，都依然是
需要长期衰减的核废料

只要还有一点儿火星活着
我就会重新苏醒，长大
与所有陆地、海洋的易燃物
矿藏、草木、气体成为好友

为了便于找到那些火星儿
我把隐藏的路径，文件夹和
目录索引写在这里
生命、独立、正义、自由
爱情、真理、希望和诗

你要不惜一切代价
让我死得瞑目、安息

选自《光年》微信公众号

几根白发

商震

头上长出几根白发

亮晶晶直挺挺

在一团黑发中几根白发很扎眼

有白发不是我老了

是到了该亮出白色的时候了

我一直用黑压制白

六十年来

白发一直忍气吞声

忍无可忍时就不能再忍

不能顶着一头黑终老一生

今年几根白发终于冲了出来

我也长舒一口气

只有我知道

这几根白发不是毛发

当然也不是出鞘的剑

是不堪岁月的挤压

探出体外的几根骨头

选自《商氏文化研究会》微信公众号

黄房子，叶莲娜

石岛

那个黄月亮下的黄房子
倒映在河渠
丁香花、红樱桃、草莓、蝴蝶、蜻蜓
和你漂亮的眼睛，红嘟嘟的小嘴
飘舞的布拉吉

我叫叶莲娜，一口流利的汉语
我叫你阿廖沙好吗？
是你给我起的俄语名字
黄月亮，黄房子少年的记忆
门前草地，手风琴，大耳朵的猎狗
列巴、果酱、秋林香肠、格瓦斯
还有风雪弥漫的石头道上
那次马车远去的生死别离
你挥手的哭泣

一切都成为过去，黄房子不会忘记
不会成为废墟
我们一起唱过的《莫斯科郊外的晚上》
仍在生命之河泛着涟漪
你说过我喜欢你，我会想你的

黄房子还在

黄月亮，是你在远方，叶莲娜的凝视

细细的月光，是我从未碰触过的你的手指

选自《荔枝》有声社区

一棵树的心

苏忍冬

1

当我开始明白
自己是一株植物的时候
你早已成为一棵树的心
很多年过去，你从未离开过
你是最后的鱼梁木
你是最后的神

我的意识
在体悟宇宙沙漏的时候
你在永冬之地召唤我
用你能穿越时空的翅膀
用你的第三只眼睛

2

开始写吧
别管历史和现在
把你的心，作为指南针
就会到达确定的北方

是的，你是这样跟我说的
尽管你离我很远
但只要你想
我就一定能够听见
所有的风都是你的语言
所有的沙子都是你的肉眼

3

当我接收到你的召唤
你就预知了自己的死亡
像一张烧焦的纸
或者，像一只烧焦的乌鸦
是的，它们是你的符号
而现在它们是我的

你是我的老师
在我成为你的时候
我就开始寻找我的弟子
如你开始寻找我那样

4

你带着我去看另一个过去
我和野草一起长大
没人收割我们

我们就自己收割自己

这沉甸甸的金黄

为我打开新的历史

历史就是现在

是我的未来

如果我什么都不写

就没有植物结果

5

累了，我就在一棵树心里躺下

我的睡眠是我的王国

我的梦是你的梦

我会把衣服变成了翅膀

在沙漏宇宙里飞翔

我会大声宣布——

你是我的老师

哦，伟大的先知

你是一棵树，现在

你是一位诗人

选自《诗情画意》微信公众号

词汇和年龄

唐欣

年轻时　只听到"革命"二字

好像　马上就会热血沸腾

想要冲出门去　搞点儿事情

我的不少朋友　现在也还

这样　但本人已开始暗笑

又有何用　这些书呆子

真是傻瓜　过去　自己曾经

写过　成熟以后就是腐烂

那么　我是真的老朽了吗

　　　　选自《磨铁读诗会》微信公众号

赞美

谈雅丽

一天中这个黄昏
院子干净清凉，蝙蝠在檐前低飞
老桂花树，吐出清淡的芳香
我爱的人，坐在我身边的竹椅上
沉静地喝着茶水

夜越来越深，渐渐看不清他的样子
孩子们已经睡去，能听见四周风走动的声音
我起身带给他一件薄薄的秋衣
一个注满温暖的中年

时间这样流逝我并不悲伤
许多年后，对宁静我开始满怀赞美
甚至，不知道，在远方深蓝色的大海里
慢慢隆起了——
群峰

选自《小镇的诗》微信公众号

退至体内 1000 公里

陶春

静止在一滴秒针
不断散开时间幻觉涟漪的深潭

来自底楼花园的高空
一片树叶
划过额头，垂直
砸落在地面
留下一个：深得足以埋人的陷坑

仿佛，冷汗
瘆出梦沿。沉睡的杯水之外——

从　张脸
到另一张脸

从一双手
到另一双手

从一柄剑
到另一柄剑

古老的特洛伊之战仍在接力

硝烟弥漫，不再为饥饿的海伦

只为争夺，高于倾城

美貌价值的土地、石油与黄金

被俘士兵的残肢

挂示在电视塔尖，像一束惩戒之血的箴言

退至体内 1000 公里寂然枯坐的旷野

我仍与这个世界相隔 0.01 厘米的险境

选自《存在诗刊》微信公众号

雪祭

王韵华

今夜　我心中又下起了雪

那漫天漫地的白

裹挟着难以言说的欣愉与无奈

那是你最初的名字

带着乳香和娇羞

这童话被一个恶魔

永远地绞杀了

血流过漫长的岁月

痛彻一生

从此　恶魔把你撕碎了

也把自己撕碎了

我不知道该诅咒谁

该把谁永远放在怒火上烤

雪无法覆盖记忆

无法抹去心中的痛

一切都被扭曲了

连风干的泪水

也挂满芒刺

只有恨像坚冰一样难以融化

可我还在等待

等待着最终的埋葬

等待着雪的宽恕

选自《诗情画意》微信公众号

盛夏，在慧忠北里读阿什贝利

卫明

盛夏，在慧忠北里读阿什贝利

再热的天，你读上几页就会

安静下来，他的文字轻盈

会带你跑到另外的地方。

看过他年近七十的视频，

穿着花格衬衫，坐在小牛皮沙发上，

环绕的书橱，他开始朗读。

声音倒不比看原文更好，

有点儿太清晰。如果是毕肖普

会略带点儿沙哑和疲惫，

但不沧桑，而且干净，

像口有年头的钟。

他与她不同，只在个别地方

似乎更收敛一些。整体上

都属于低音那类——

沉稳、冗长，站在事物的外面。

内部你找不到周边固有熟悉的

那些实在，只是敞开一扇窗户

漫出各种奇花异卉的气息。

游移、走来走去，又很集中。

是的，经常会发现其中的悖论，

开门走出，关上门走得更远。
有某种侵入又消散丝绸质地般的
轻柔和光滑。镇痛药无形地释痛，
并且是静默的，如夜间天上的云朵。
邀约你并引诱，确定，不会中途变卦。
自然而然，没有任何自以为是的刻意。
就只有沉静，黄金一般
镇压周遭递到面前的敌意。
如此可靠。我尝试过，阅读
几分钟内百毒不侵。有种
核的聚敛，简单说，类似水果的核
凝聚汁水和肉体。使你只会
听见如梦如幻的低语。
像默片，相隔久远的年代，
钟万般风情，唯独没有
撕裂现实的尖声怪叫。

选自《风雅集》微信公众号

稻草人

王占斌

我期待的闪电没有来，暂时我是完整的
从上到下，从里到外
我听到风在北方的旷野滚着铁环
哗啦、哗啦，像在丢弃什么

暮色慌张，丢下外套躲进了山坳
还有比我更沉闷的蚂蚁，它们成群结队地
忙于搬运，也搬运高过头顶的命运

这些年我一直枯黄，雨水也无能为力
我看上去更像一个落魄的人
被一顶旧草帽压得喘不过气来
却从未想过要丢弃

高原上的阳光，昨天和今天一个样
我期待的闪电只晃动了一下
寂静就撕开了口子，倒出陈年的灰烬

选自《泥流》微信公众号

阴暗的初冬，听学生读海子的诗

谢银恩

阴暗的初冬，凋敝的教室
学生们诵读：
"面朝大海，春暖花开"
阳光切开
词语包裹的血肉
袒露赤子情怀
被你祝福的高山
依然挺立着无言的悲伤与辛酸
被你讴歌的河流
依然流淌着墓园的荒凉与肃杀
明天的幸福
何时才停止你风中飘零的乱发
鼓起涂满鲜血的帆船
向遥远的家园返航

我渐渐放慢思想的速度
那些被悲怜情怀
烙满伤痕的脸庞
久久滋润风雨飘摇中的微弱灯火
被所有的幻想拒绝后
真实的苦难

在麦地静静吐穗

仿佛黄昏千百柄集聚起尖锐的锋刃

把你饱满的伤痛馈赠给饥饿的麦粒

走出教室

初冬的阳光洒满大地

温暖着你被人记住或遗忘的灵魂

选自《存在诗刊》2019 年—2020 年诗选

是否就这样无理想地生活

余秀华

横店村的丝瓜藤开满黄花
你等这花结出瓜，你等这瓜老为瓢

你等暮色滑进横店村，拉开房间里的灯
等灯熄灭，等梦潜来
一只蝴蝶如何进入一个丝瓜的内部
像一个密探或者特务

谁不是窃取生活的人呢?
谁又不是被生活所劫?

可是
我们免不了成为有理想的人

像出门前，把身上的灰拍下来
你在一个动作里出卖了的和完成了的
只剩下虚空的句子

风一样卷着晾晒着的旧衣裳

今天去老房子的时候

看到我曾经用过的一个电脑键盘

丢在干枯了的月季树边

　　选自《余秀华》微信公众号

六月

邢国子厚

想留在六月
经过萌动和凋谢
不想急着去结果
一结果就老了

拴住这一刻
除了把自己带回童年
疗养心肺、肝胆
还要承受绿、承受诱惑

经过台玻路时
想起昨晚丢手机的事
没想到六月离高速口那么近
错过了一站又一站

我更喜欢这样藏在六月
看上去到处是花朵和流火
像极了早晨八九点钟的太阳

选自《诗情画意》2019 年第 7 期

小鸟飞过

杨梓

在农家小屋，我好像在发呆

几乎没有听见羊群进院的声音

房门开着，挂着塑料珠串成的帘子

阵风吹过，叮当作响，还吹开一扇窗户

放进一只鸟，我不认识

麻雀大小，好像有几种鲜艳的颜色

小鸟一直乱飞，碰到另一扇窗户的玻璃

我赶紧打开所有的窗，小鸟来了又去

也就一瞬间，留下一根羽毛和几声鸣叫

是因为寒冷、饥饿还是小屋的灯光

初冬的北方，黄昏已经铺盖下来

选自《泥流》微信公众号

可以做到相对静止

余怒

现在我已经很慢了，但

我的医生还是劝我再慢一些。

改变自我认知：你不是金枪鱼。

每天赶早班地铁，以前狂奔，现在一路

小跑，可还是无法正常走路，更别说散步。

如果身在水中情况就不一样：水中

阻力小。那么仅仅是

空气的原因吗？不是。敌视。依恋。

所以水中阻力小是一个借口。我不是

金枪鱼也不是墨鱼。正如帕慕克

所言：我的名字叫红——并非指颜色。

记住相处的每个人的名字这很难，但你要

回答对于他们怎么活着这问题：医生

提醒我。"想象你在他们中迷路了。"

如果哪天运气好，地铁上没有人，我

就可以在地铁上狂奔只要与

地铁保持相同的速度。一种

相对静止的状态理论上可行。

选自《诗生活》网刊

一根稻草

阳子

并非最后的，才能救命
最初的一根稻草拴在嘴角
讲话，讲到哑巴的手心朝上
索取坠落
一辈子的风都在地上滚

风来的时候
你还是喊不出救命
习惯了伤疤就能咽下血腥沫子
整个田野病得不轻
雁阵准时归家
飞过的天空获得安宁

你闭嘴，闭上懊恼的旧口袋
风不来了
世界空旷得发痒
有人自顾自玩起后脑勺
他转身，再也看不到稻草

最后一句话异常硬朗
听到的耳朵仿佛火药匣子

走向田野，踩到脚底下的烂影子
疼痛让你反复想起稻草人

选自《天读民居书院》微信公众号

你已黎明，我还在黑暗中

——致：Samuel（塞缪尔）

郁郁

你已黎明时分了
我还在黑暗之中
不知你的夜晚有无梦境
反正我的白天索然无味

地理上的世界
分成了南北两个半球
行政制度远不止两种
更多更复杂的人群种族
使得人心和星球也动荡不安

我以为投身了诗情画意
便可以抒怀别样的春夏秋冬
又以为你去了大洋洲
就像袋鼠、考拉那样
自由自在成浪花云朵

如果寄托和牵挂
是一只起伏不定的风筝
心绪就是难以觉察的涟漪

如果遐想和勾勒

是一张宣纸、一支柔软的笔

头顶就会布满眨眼的星星

起程与归宿，成长和衰老

所有的过程其实就是抽丝剥茧

就是生命的水土流失

痛，让遗忘成为牢记

让瞬间成为永恒

让安慰和砥砺成为紧紧的拥抱

选自《天读民居书院》微信公众号

旅馆装修消防验收记

远村

嗯

这个要拆除

那里要添加一幅刺绣

嗯嗯

上面不能这样

里面的角落要有光亮

嗯　不——

是这样的

避险很要紧

楼梯的东边应该修一条铁路

作为紧急撤离通道

西南要有仓库储粮

以备被困之需

北方北方要有风与空气

嗯　风　空气很重要

嗯

客厅左边还要有荷塘
灾难来的时候

可以赏花以获得精神鼓励与支持
这很重要
你们经营者不要光顾着赚钱
要有社会责任

嗯 右边的卧室呢
右边要有防患未然的意识

嗯　要前瞻
前瞻性
要有音乐诗画与远方

嗯嗯　先按照这些意见改进
下次还要来检查

嗯嗯嗯
还要来　还要来的

　　　　选自《创世纪》微信公众号

疾病的隐喻

杨勇

呼吸，让我们相隔很远，

避免碰触，像瓷器过度包装。

不再害怕有形，卡口有形，

防控棚有形，体温枪对准自己。

手机开辟通道，在信息里出入。

通行证是条线段，知道起点和终点。

保持呼吸等同小草扶风，等同绿化树，

这不仅是比喻，与肺对视，

与肺对视，我热爱两朵免疫力的云朵。

惯于宏大叙事，却陷入幽微冠状，

现实在日记里，在窗口张望走廊：

我分辨灰雪，方舱，白色防护服，

分辨新闻发布会、高烧头脑与咳嗽。

喝酒，不喝酒精，慎独如信念，

喷壶让卫生每日一醉。

一月读《套中人》，开启枷锁模式，

不自己感动，不给胃口加油。

二月用铁皮护栏围困自我。三月

从寒流里抽身，装饰护目镜和手套。

四月在风口浪尖，贴标语，孤立，

用快递的口罩，给春天镶嵌马赛克。

显微镜不显微，从凝视里试图隐遁，
钟表停摆后，看不见的比看见重要，
处处是现象学，适宜哑语、猜谜。
在超市，爱那些食物，恨那些包装，
走路回家痛恨斑驳的鞋底和路线。
三人行，爱着友谊，恨呼吸的身体，
握一次手要从象征里砍掉一只手。
过卡口恨表格签字，恨手上的皮肤。
开门恨扭动的锁孔，恨哗响的钥匙。
亲吻也是，从情欲里摘掉千只嘴唇，
恨春风的奔跑，恨隐形的猪瘟。
恨意志的虚弱，恨思考的无症状。
萨特说，"他人即是地狱"。他这是为
爱而呼吁，将自我推到内心深渊。
虚弱啊，疾病在云端和暴风眼，但
我要说，只是在现象学里虚弱一会儿。

选自《与酒神同行 arTravel》微信公众号

且末古城

邹进

幽灵一般地

在漫漫黄沙中神出鬼没

它最后一次出现

是诗人出生的前一年

鄯善国以西七百二十里

精绝国以东两千里

比楼兰还神秘的一座古城

传说中到处都是珠宝

和田玉，且末为上

最美不过的，是且末蓝

高德地图上显示的且末古城

实则不存在，是一片枣园

沙丘的对面还是沙丘

远方的远方还是远方

两个平行的时空

面面相觑，永无交界

哪一片黄沙

淹没了宫殿、花园？

哪一片黄沙

掩埋了街巷、民房？

诗人都喜欢残败的景象

昔日的繁华让他们咏怀

且末国人的墓地，扎滚鲁克

已沙化，貌美如雅丹

阿尔金山系中的最大河流

浇灌了这个世外桃源

沃野千里，牧场无际

可决水种麦，耒耜而田

玄奘经由此地

且末已是人去楼空

他也跟我一样感叹（子在川上曰）

车尔臣河，何时变沙滩？

选自《邹进勒图》微信公众号

端午祭

朱凌波

当死神降临身边时
你听到她旺盛的呼吸

穿过刀剑看见
海岸金色的十字架和
林间清脆的鸟鸣

而这场提前的暴雨
在遥远的窗外上演

子夜的灯光中
摆好小小的祭坛
用最传统的方式礼奠

狂风吹乱书页
闪电的耳光响亮

又一次投掷骰子　不能自拔

有人正谋划逃离这座孤城
去那座名山吹响黄昏的短笛

把一幢阳宅当作闭关的道场
用一箱烈酒点燃一个千古的节日

然后做春秋大梦
擂动末日的黄钟

　　选自《光年》微信公众号

铜号

曾令勇

我已经喑哑了很久
被遗弃在荒凉角落，落满灰尘
偶有风儿经过
便激起悠远往昔的回声
风曾把声音带到很远
直至消失于广袤无垠

但更多的时候只是回忆
初次成型于隐秘的熔铸
——春天，一只稚嫩的鸟儿
刚试了下歌喉
季节就将它带走
或许，我比它稍微幸运

而我献给你的第一支歌
始终未曾唱出
它搁浅在唇边
幽闭在锈迹斑斑的管壁
如芬芳幽闭在花萼里

等待又等待，充满预见的时辰

临到。捡起我——

擦尽污秽，金黄的铜管通体光明

羞怯挨近你奇妙的嘴唇……

灵魂立刻发出快乐的战栗

爱的气息几乎冲破喉咙

我先是低低地，然后响响地

歌唱起来

加入万物洪流般的礼赞和声

选自《存在诗刊》2019 年—2020 年诗选

这不是一首诗

张曙光

这是墙。这是墙上的纽扣。这是甲虫。

这是烟头。这是石子。这是纽扣。

这是墙上的煤渣。这是夜晚。夜晚的碎屑。

这是纽扣。这是墙上的纽扣。这是钉子。

或钉子留下的痕迹。这是污渍。这是病毒。

这是肺部的阴影。这是时间。这是时间的尽头。

这是甲虫。这是捻死一只甲虫留下的证据。

这是死亡。这是烟头。这是墙上的纽扣。

这是沙子。一粒沙子或一个宇宙。

这是病毒。这是病毒在肺部留下的阴影。

这是甲虫。这是甲虫被捻死后留下的证据。

这是夜晚。这是白天。这是它们的残滓。

这是石子。这是煤渣。这是煤渣燃烧后的炭核。

这是阴影。这是困惑。这是碎布。这是钉子。

这是钉子钉在墙壁上面。这是钉子拔掉后

留下的空洞。这是墨点。这是困惑。这是思考。

这是思考的排泄物。这是记忆。这是记忆的忧伤。

这是悲伤。这是绝望。这是死亡。这是

死亡的签名。这是沙子。这是沙漠。

这是尘世。这是契约。这是墙上的纽扣。

这是母亲的眼泪和婴儿的哭泣。这是烟头。

这是死亡丢下的手套。这是曲奇饼干。

这是玩具。这是启动的按钮。这是谎言。

这是青春痘和雀斑。这是一个字母。

这是发动机、一辆汽车、一架载人航天器。

这是黑洞。这是中止的时间。这是疑问。这是奇迹。

这是病毒。病毒和肺的合谋。这是墙。

这是墙上的纽扣。这是一首诗。这不是一首诗。

选自《诗歌写作计划》微信公众号

真实的国史

赵俊杰

真实的历史是

天气史

农业史

宗教史

科技史

巫术史

战争史

建筑史

音乐史

医学史

玉石史

田野调查史

动物迁徙史

河流改道史

刑具演化史

真实的明朝历史

亡于

一场鼠疫

选自《磨铁读诗会》微信公众号

我必须向光致敬

周亚平

这不是向花致敬

也不是向春天致敬

在季节的选择上

我倾向选择冬天

这是雪的感觉

这是飞行的感觉

我选择冬天

就是向雪致敬

就是向飞行致敬

我的爷爷葬在佳木斯

葬于飞行之雪

葬于黑白之雪

我一辈子写诗

直到昨晚我才明白

我在向我爷爷致敬

这是我未见过的老头

这是我未见过，却与我有关的

孤独的老头

我认定他一辈子没见过花

我认定他一辈子没经历过春天

在花中成长，在春天中沉醉的

我，哭了

然而一道光斩断了我的哭

它不通过我的祖母

也不通过我的父亲

光说："我不稀罕春天。"

你向雪致敬吧

你向飞行致敬吧

飞行之雪是天地间的河流

是催动花蕾的精液

由于我母亲李医生的哺育

我成为一个诗人了

一个多厉害的孙子啊

一个多厉害的诗人啊

我必须向雪致敬

必须向飞行致敬

必须向光致敬

而一个没有沐浴过飞行之雪

黑白之雪的

南方的孙子

又何其庸俗

我总是想

总是想把春天

她是与我爷爷失散的祖母

重新介绍给我的爷爷

我相信春天无论多么丑陋

也一定是我爷爷

他在北方的洗手间看到的

粗壮的清洁工

选自《光年》微信公众号

第四辑

PART FOUR

（中国电子诗集数据库）

一只飞鱼

程娟娟

我是向往蓝天的飞鱼

日日潜游在深碧的海底

有时　我会纵身跃向金色的朝阳

感动于那刹那光华的灿烂

有时　独自对着银白的明月歌唱

那时海与天连成一片幽远的蓝

海面闪烁着星星般剔透的光

无限的温柔与沉静下

我便将心事全说给天上的云雀

然后快乐地手舞足蹈一番

有时候　夜幕降临　狂风乍起

我便乘势拥上翻卷的浪尖

在离天空最近的地方

许下微茫的心愿

或许　此生再也回不到彼岸

但那一抹天青色的理想

却早已深深烙印在心上

夜夜长歌下　在水天相接的入口

当我一遍一遍吐露云状的纹样

你该知道啊

那便是我全部的向往，你的秋天有我想要的景色

选自中国电子诗集数据库

鱼钩

陈鸿博

墨海里浮动一弯鱼钩
有阵呼吸缓和
随风潜入眼睛的腮
冬日银杏熟透的涌动

问干离的树杆分开一个肉身
葡萄的藤蔓窝在手窝将出鱼线
取天鱼咬到的痛楚

问夜的索取
留在手心的莲子覆盖一个花期
远去的鱼带去绽放的信

鱼钩落入蕉林
结了它的孩子
一个人拉开夜的大棚
收获一池金鱼

选自中国电子诗集数据库

黄河侧畔

胡杨

黄河走了半个月的山路

从卡日曲，收集溪流

从玛曲，收集飞鸟和鲜花

从刘家峡，卸下高原的月色和风

一路上，它谦恭如雨

哪怕是恩惠于一棵小草

也与曾经的知遇

不断告别

像一匹牦牛

它懂得四蹄紧扣大地

力量如鼓

与八面威仪而又敛声静气的自己

重逢

它知道怎么进入一条河谷、一片平原

甚至一栋高楼

因而，兰州的晨光

每一种表达，都有一种坚定的执着

如两岸生生不息的春天

如那慈祥的微笑

横卧在黄河之侧

它的波纹，清晰可辨，有夏天的热烈

有秋天果实的芬芳

亦有冬之白雪的纯洁

一如哺乳的母亲，成为兰州的表情

她明白，什么时候粗犷

什么时候温暖

像千年不遇的爱

像一刹那的电光

植入一座城市的心脏

在兰州，我总能认领

属于整个世界的那一份善和美

你可能不相信

黄河里藏了雷霆吼叫

一旦抽出来

就有一万头牦牛的咆哮

你可能不相信

黄河里有珍藏的传奇

一旦绽放，就会有

一百年的青春

一万年的未来

它像一个新娘

正待出阁

谁会娶它
因而，所有的力量、勇气和光明
都会是一座城市的请柬

来吧，沿着黄河
去看兰州

选自中国电子诗集数据库

怀念
——记一则爱情故事

蒋秀青

为什么急速地撤离

撤离时又去了哪里

在繁忙的车流上空

在高压电线织成的网状上空

你去了哪里

在雾霭深沉的天气里

在细雨黏稠的记忆里

在飞也飞不去的花絮里

你去了哪里

我有怀念

想送给你

我有储存的蓝色和

升腾至那里而凝结的水汽

想送给你

你去了哪里

我在我的花园里

精心培育

我的花朵

我的花朵盛开时

我渴望它们展望

展望到你

我不知你去了哪里

我的衣衫

我的发梢

我行车时风在我耳畔拂起的低语

我仿佛从未离开你

你离去时

是什么萦绕成你的想念

使你徘徊不已

曾经叱咤风云

一个具有讽刺意义的词语

多少的我们还在叱咤风云

飞驰在路上

四十四朵白色的玫瑰升上了天空

共计四十四朵

玫瑰在天空绽放的绚丽花语

你能懂

我也能懂

选自中国电子诗集数据库

自画像

刘建利

我不动，像喝光了酒剩下的酒瓶子一样静止

我是一幅画

是生活给自己的素描

全然与色彩无关

仿佛一个男孩丢失了画笔

手里只有铅笔

五岁的时候

就用这支笔画出了二十五岁的自己

——在每一个孤独的夜里

我都是一面墙壁，挡着一片废墟

选自中国电子诗集数据库

油菜花

陆小红

春天，即使足不出户

也有两名并非虚构的女子向你跑来

你被桃花的姿容惊艳

也被油菜花的朴实打动

如果非要分出伯仲

爱美之心人皆有之

王子与公主的故事早就被写入童话

油菜花其实是便利贴女孩的别名

但现代偶像剧的结局往往出人意料

白天鹅的高傲、刻薄、自私

兼以桃色秘闻，渐渐浮出水面

而便利贴女孩的乐观、宽容、勤奋、向上

使她越来越美，深入人心

大片大片的油菜花如闪闪发光的金子

装扮大地

谁赢谁输？谁是最后的大赢家

请看，扑向田野，趋炎附势的蜜蜂

就是最好的注脚

高度，一个新的起点和平台

选自中国电子诗集数据库

瀑布

芮耀武

一副生与死的写意画
悬挂了几千年
却没有人能读懂

从雪山之源
顺势而去
你是生命的尽头
死亡的深渊

不妨换个层次
从潭底望去
你既是旧生命的结束与撕展
又是新生命的降临和激荡

一副生与死的写意画
悬挂了几千年
却没有人能读懂

你的秋天有我想要的景色

桑梅

我还未曾许诺
冬天就已经来临
我十月里的那些花朵
还在那座山顶开放

山路、人们、草木
在结满果子的山上盘旋
那些我想要的景色
在群峰间彼此相望

一切仿佛注定，又似巧合
这些微小的生命
在高空，在你的秋天
开出我所想要的景色

选自中国电子诗集数据库

坚韧

王明法

我观察一滴雨，他破空而来
击打在新生的嫩叶上
不是那种自由落体，而是
带着速度和考验，带着情绪的俯冲
面对不断来到世界的新面孔
旧势力都想试试他们的实力和脾性
这是充满激情、排斥和抗争的世界

叶片在水珠未及溅开的瞬间
被刹那征服。重力和加速度
带动着叶片下沉、坠落、降低
那一刻我懂得叶片的凄惶和惊诧
尘世间你根本来不及预备
打击在不知不觉间到来

我以为会被击落的生长
和准备放弃的生机
在尽可能低的低处展开反弹
——叶子连接着枝条
他们是命运相连的家族

那看似柔弱的枝叶间

是源源不断的汁液、纤维

和有关生存的顽强及渴望

水花四溅，而叶片回到原有的

高度，一个新的起点和平台

选自中国电子诗集数据库

风中的茇茇草

翼华

那依恋苍凉戈壁
深深扎下根须的
那在荒漠的摇篮
最先诞生春色的
——是风中的茇茇草

那起伏如柔韧的篱墙
阻遏沙暴肆虐的
那夜晚温暖的窝巢
孕育云雀翔天之羽翼的
——是风中的茇茇草

那一簇簇绿色的火苗
点燃驼铃悠远乐章的
那好像澎湃的潮水
鼓起驼舟扬帆瀚海的
——是风中的茇茇草

那勇敢地挺着缕缕箭镞
与我青春相伴为伍的
如今依然如同战士

在我梦中守卫边陲的

——是风中的茇茇草呀

选自中国电子诗集数据库

孤独

虞卫军

人再孤独也没月亮孤独
不同的是，人的孤独
就像夜色不断往远处散发
而月亮的孤独是把夜色照亮
让你看见另一个孤独的人

选自中国电子诗集数据库

如果你是一首诗

余季惟

如果你是一首诗
有没有偷偷想过

她歌唱怎样的旋律
身穿怎样的辞藻
佩戴怎样的修辞

描绘在怎样的书籍里
安置在怎样的书架上
被哪一个有缘人遇见　品读

曾偷偷想过
成为一首诗的我
愿她三言两语　清新透明
却又拥有生命本有的厚度
像新生的婴儿
还原生命原本的欢喜悲伤

当然
华丽的辞藻不属于我
繁复浮夸也与我无关

我深信

朴实的语言最温暖

至简的道理也最打动人心

如若有缘　偶遇此诗

我知道　肯定是窗前洒在书架上的淡淡朝阳

吸引了你的目光

那么　请替我拂去书面上薄薄的尘埃

字里行间　细细品读

如能温暖你　也不负我心

　　　选自中国电子诗集数据库

看客

周文新

一群看客

看着各种各样的鸟飞向天空越飞越高

看着它们想要去把天空啄出一个漏洞

看着它们想要去看一看天空外面有些什么

一群看客

看着各种各样的鸟陆续返回

看着它们各种各样姿态

看着它们怎么高飞也没能够啄到天空

看客中有人说：

"这是一群奇怪的鸟。"

看客中有人说：

"这是一群反常的鸟。"

看客中有人说：

"这是一群聪明的鸟。"

看客中有人说：

"这是一群愚蠢的鸟。"

看客中有人说：

"这是一群奋进的鸟。"

看客中有人说：

"这是一群退缩的鸟。"

看客中有人说：

"这是一群坚强的鸟。"

看客中有人说：

"这是一群懦弱的鸟。"

看客中有人说：

"这是一群成功的鸟。"

看客中有人说：

"这是一群失败的鸟。"

　　　选自中国电子诗集数据库